Mario Giordano
Franz Ratte taucht unter

ELEFANTEN PRESS Kinderbücher
herausgegeben von Gabriele Dietz

@ ELEFANTEN PRESS GmbH 1995
Alle Nachdrucke sowie die Verwertung in Film, Funk und Fernsehen
und auf jeder Art von Bild-, Wort- und Tonträgern sind honorar-
und genehmigungspflichtig.
Alle Rechte vorbehalten.

Umschlag und Zeichnungen: Sabine Wilharm
Gestaltung: Barbara Globig
Satz und Lithografie: Agentur Siegemund
Druck und Bindung: Offizin Andersen Nexö, Leipzig

Printed in Germany
ISBN 3-88520-560-2

ELEFANTEN PRESS
Am Treptower Park 28-30
12435 Berlin

Für Simone

Mario Giordano

Franz Ratte taucht unter

Bilder
von Sabine Wilharm

ELEFANTEN PRESS

...EN SIND:

-4
-36 UND SANSIBAR UND — DER PRÄSIDENT UND DER GROSSE ISKANDER...
-21

Ein kleines Paradies

Der schönste Platz auf der Welt ist eine Müllhalde. Man kann geteilter Meinung sein, ob man die schneeweißen Sandstrände der Karibik schöner findet als die saftig grünen Almen der bayerischen Berge – zweifellos jedoch ist eine Müllhalde hundertmal schöner. Wenn man eine Ratte ist.

Bunte Haufen aus faulenden Obstschalen und aufgeweichtem Papier stinken dort zum Himmel, Berge zerfetzter Gummireifen brennen mit rußigen Qualmschwaden, in einer kaputten Waschmaschine schwappt altes Schmieröl, aus einem vermoderten Sofa quillt der Schimmel wie weißes Moos. Labyrinthe aus rostigen Rohren winden sich dort umeinander, Gebirge verbogener Holzlatten stürzen plötzlich krachend zusammen, der Wind heult und pfeift durch verbeulte Konservendosen und geplatzte Fernseherröhren und reißt knatternd an alten Plastikfolien. Herrlich!

Ständig bringen große Wagen neuen Müll heran, Planierraupen walzen ihn in den braunen, morastigen Boden oder schieben ihn zu gewaltigen Haufen zusammen. Vielleicht gibt es sogar einen See in einer Senke, einen schwarzen, undurchdringlichen, geheimnisvollen, schleimigen, öligen Müllsee. Und über allem liegt dieser unvergleichliche Geruch, diese Mischung aus vergammelten Kartoffeln, schweißigen Socken, Öl und scharfem Gummi, verbranntem Plastik und uraltem Dreck, von Dingen, deren einstige Besitzer sie längst vergessen haben.

Kann man sich einen schöneren Ort wünschen – wenn man eine Ratte ist? Nein! Zumal wenn es sich um eine so stattliche, stinkend-schöne Müllhalde handelt wie den Lüchtenberg bei Lüchtenwalde. Ein Müll-

berg wie aus dem Bilderbuch! Heimat unzähliger Ratten, Mäuse, Spinnen, Hasen, Tauben, Katzen, Krähen und einiger schauriger fremdartiger Wesen, die dort im verborgenen leben ...

Der Lüchtenberg war ein kleines Paradies. Und das hätte so bleiben können, wenn nicht ... hätte nicht ... wäre nicht – alles anders gekommen.

Wenn sich zum Beispiel nicht diese sehr absonderlichen Zufälle ereignet hätten. Niemand kann sagen, ob es ein Glück oder ein Unglück war, als dicht vor Afrika bei schönstem Wetter urplötzlich ein kurzer, aber heftiger Sturm ausbrach und damit wenig später ein Naturwunder auslöste, über dessen Schönheit die ganze Welt gestaunt hätte – hätte sie es nur bemerkt.

Der Sturm wirbelte über die Küste, weit in die Sahara hinein und brachte den ersten Regen seit über hundert Jahren. Der Regen war kurz, aber er reichte aus, die Wüste für einen wunderbaren Augenblick aus einem langen Schlaf zu erwecken. Die prächtigsten Blumen und Pflanzen erblühten für eine kurze Zeit, bevor die Sonne sie wieder verbrannte.

Ein namenloser Regentropfen traf einen einzelnen Keimling, der unter dem Sand viele Jahrhunderte auf seine Stunde gewartet hatte. Aus ihm spross eine Pflanze, die noch in keinem naturkundlichen Buch der Welt verzeichnet war. Sie war schlicht unbekannt. Die Pflanze war ein einzigartiges Gewächs mit einer einzigartigen Kraft. Sie erlebte eine kurze Blüte, nachttaubenaugenblau, und versprengte Tausende winziger Samen in die Wüstenluft. Ein leichter Wind trieb sie übers Meer, zeigte ihnen ferne Länder und setzte sie ab an einem Ort, wo sie später gut gedeihen sollten.

Ein australischer Schauspieler, der mit einem Filmteam in der Sahara gerade einen blutigen Abenteuerfilm drehte, pflückte das Gewächs und legte es, obwohl es einen üblen Duft verströmte, behutsam in seinen Koffer, um es als besondere Erinnerung mit nach Hause zu nehmen.

Leider wurde dieser Koffer auf dem Flughafen vertauscht und landete, statt in Australien, am anderen Ende der Welt, wo ihn ein sehr zerstreuter Forscher in Empfang nahm und beim Öffnen fast einen Schock erlitt, denn alle seine Forschungsergebnisse befanden sich nun werweißwo, und die Hosen des Schauspielers waren ihm zu groß. Der Forscher aber erkannte die Blume. Das heißt, natürlich erkannte er sie nicht, aber er verstand sofort, daß sie noch unbekannt war. Er nannte sie stolz »flora ginsburga«, denn er hieß Ginsburg, und begann, sie zu untersuchen und abzuzeichnen. Er erwähnte die »flora ginsburga« sogar in einem Brief an einen berühmten Wissenschaftler, erhielt jedoch niemals Antwort.

Über Arthur Ginsburg muß erzählt werden, daß er sich einen Raben als Hausgenossen hielt, ein äußerst merkwürdiges Tier, das nie krächzte oder sonst irgendwelches Interesse für seine Umgebung erkennen ließ. Besagter Rabe stahl die »flora ginsburga« eines Tages in einem stillen Moment und fraß sie auf. Die Säfte der Ginsburga wirkten – seltsam und einzigartig –, und der Vogel erkannte, daß er es damit zu etwas Großem in der Welt bringen konnte, wenn er es nur geschickt anstellte.

Bei der nächsten Gelegenheit verließ der Rabe den unglücklichen Arthur Ginsburg und flog davon. Nach einer langen Reise kreuz und quer durch die Welt landete er auf einem Müllberg und brachte auf unheimliche Weise die Dinge ins Rollen.

Der Nächste bitte!

»Hilfe! Zu Hilfe! Aus dem Weg, Platz da!« Eine dünne Stimme schallte in höchster Not über den See. In Todesangst hetzte eine Ratte über den Müll, dicht gefolgt von einer übel zerzausten Katze mit einem angebissenen Ohr.

Niemand schien jedoch besonderen Anteil an diesem Wettlauf auf Leben und Tod zu nehmen. Die Tiere ringsum wirkten, als ginge sie das alles nichts an. Die Jagd war lediglich Thema einer Art sportlichen Unterhaltung. Ein Hase, eine Krähe und eine Ratte standen beisammen.

»Gestartet!« sagte der Hase wichtig.

»Heute schafft er's nicht!« meinte die Krähe. »Ich sage: Heute erwischt's ihn!«

»Genau!« sagte die Ratte.

»Niemals!« rief der Hase. »Er wird es schaffen!«

»Genau!« sagte die Ratte.

»Kleine Wette?« fragte die Krähe. »Ich sage: Er schafft's nicht!«

»Eine Teufelsratte wie Franz?« ereiferte sich der Hase. »Ha! Halte dagegen!«

»Genau!« meinte die Ratte.

Eine kleine, unscheinbare graue Maus trat hinzu.

»Ist er schon da?« fragte sie und blickte besorgt über den Müll. Keine Antwort. Die drei waren so mit sich und ihrer Wette beschäftigt, daß sie die Graue Maus glatt übersahen.

»Ist er schon da?« wiederholte sie jetzt energischer.

»Kannst lange warten, heute!« tönte die Krähe und machte eine Geste mit einer Kralle, die soviel wie »abmurksen« bedeutete.

»Genau!« sagte die Ratte.

Die Graue Maus wurde aschfahl. Schweißperlen traten ihr auf die Stirn.

»Ihr ... ihr meint doch nicht ...«, stotterte sie.

»Keine Sorge, er wird schon gleich kommen!« sagte Anselm, der Hase, lässig. »Aber nebenbei, meine Liebe: Du siehst schlecht aus. So grau. Naja, Süße, kann ja nicht jeder das gewisse Etwas haben.«

Die Graue Maus wollte gerade eine spitze Bemerkung machen, als ein Schatten über sie hinwegstrich. Besorgt blickten alle zum Himmel. Aber keine Wolke war dort zu sehen. Nichts. Die Graue Maus schüttelte sich. Ihr war eigentümlich kalt ums Herz geworden.

»Aus dem Weg! Platz da! Weg! Bahn frei!« Just in diesem Moment hetzte die Ratte heran. Sie bog um ein verbeultes Ofenrohr und schrie wie am Spieß.

»Plaaaaaatz! Schert euch weg! Hiiiilfe!«

Der Gejagte war niemand anderes als Franz Ratte! Dr. Franz Ratte, der geniale Erfinder, anerkannter Wunderheiler, Alchimist und Feinschmecker, Experte in allen Lebensfragen, Schrecken der Kakerlaken. Und der Verfolger war Nelson. Nelson, der dickste und dämlichste Kater auf dem Müll.

Obwohl ihn Franz einmal aus echter Gefahr gerettet hatte, lauerte Nelson ihm doch jeden Tag hinter einer alten Zinkwanne auf. Jeden Tag die gleiche Strecke: Zinkwanne – Autoreifen – Papphaufen – Bretterstapel – die vermoderte Sitzgruppe – durch den alten Schreibtisch hindurch – vorbei an der Mäusesiedlung – scharf rechts am Seeufer entlang – in langgestrecktem Bogen über die große Bauschuttdüne – bis zu dem Plastikrohr über Rattes Höhle, an dem sich Nelson dann jedesmal die Schnauze stieß. Nelson zermarterte sich den Kopf, warum ihm die »blöde Ratte« jedesmal entkam. Für Franz Ratte allerdings war die Jagd der tägliche Frühsport, den er aus »gesundheitlichen Gründen« nie versäumte.

Laut schreiend (das gehörte dazu) rettete sich Franz in seine Höhle. Nelson hatte wie immer zuviel Tempo drauf und knallte planmäßig vor das Plastikrohr.

»Miaua! Diese blöde Ratte!« heulte er auf und hielt sich die schmerzende Schnauze. Pech der Dummen!

»Eines Tages krieg ich ihn!«

Jaja! Wissen wir! Alles wie immer – alles in bester Ordnung.

Unten in der Höhle schnaufte Franz erst einmal kräftig durch, bevor er in seinen Kittel schlüpfte.

»Kennst du das, Pimper?« fragte er die Graue Maus, die ihm gefolgt war, und hielt ihr ein stacheliges Gewächs unter die Nase, das einen unangenehmen Geruch verströmte.

»Igitt!« hustete Fräulein Pimpernelle. »Das stinkt ja wie hundert Kanalratten!«

Franz schnüffelte an dem Kraut. »Findest du? Herzhaft würzig eher, der Geruch, würde ich, Franz Ratte, sagen. Sehr belebend. Ganz mein Geschmack!« Er beschnupperte die Graue Maus und rümpfte die Nase. »Im Gegensatz übrigens zu deinem Wong-domtom!«

»Vent d'automne«, verbesserte die Graue Maus spitz. Das war ihr Parfüm. Franz hatte es ihr in einer »schwachen Stunde«, wie er sagte, gebraut. Es bestand hauptsächlich aus Rosenöl und roch, wie es hieß: nach Herbstwind.

»Bin fast darüber gestolpert«, fuhr Ratte ungerührt fort und betrachtete die Pflanze. »Nelson hätte mich deswegen beinahe erwischt! Also, Preisfrage: Was ist es?«

»Ich ...«, setzte die Maus an.

»Typisch!« seufzte Ratte. »Mäuse!«

Das Gesicht der Grauen Maus verfinsterte sich.

»Wenn ich keine dumme, kleine Maus wäre«, sagte sie. »Also, nur mal angenommen, wenn – dann würde ich meinen, daß der Wind die Samen hergetragen hat.«

»Ähem ...«, machte Franz und wischte an einem unsichtbaren Fleck auf seinem Kittel herum. »Ja, genau das, äh ... würde ich, Franz Ratte, dann auch denken.«

Er betrachtete die Pflanze, stopfte sie dann jedoch achtlos in eine große Schublade mit der Aufschrift: *Unerledigte Entdeckungen und Wunder.*

»Übrigens, Pimper, meine Tage sind gezählt!« sagte Franz beiläufig. »Das Flimmern vor den Augen ... dieses Klingeln in den Ohren ... Das ist die eitrig-entzündete Bronchialverschlingung ... letztes Stadium.«

Die Graue Maus stöhnte. »Eitrig-entzündete Bronchialverschlingung«, die Krankheit des Monats. Wie appetitlich! Schaudernd dachte sie an die Krankheit des Vormonats: »Geschwulstartig wuchernder fauliger Zahnfleischpilz«. Rattes Phantasie schien grenzenlos.

»Mal ganz abgesehen von dem schrecklichen Herzrasen! Und dem – au wei – Gelenkpfannenabriß, jawohl!«

Gelenkpfannenabriß! Was für ein Wort! Wie das klang! Fast so schön wie »Fleischwunde« oder »Magenödem«. Ratte ließ es sich auf der Zunge zergehen, zückte sein Notizbuch und notierte es auf Seite 16.

»... pfannen ... ab ... riß!«

»Genug!«

»Und dieses Zittern in den Beinen ...«

»Franz!«

»... es geht ... zu Ende, Pimper.« Franz griff sich ans Herz, atmete schwer, ächzte, verdrehte die Augen und ließ etwas Speichel aus seiner Schnauze tropfen. Plötzlich aber brach er ab, richtete sich auf und blickte die Graue Maus streng an.

»Was trödelst du noch herum, Pimper? Es ist spät – Kittel!«

Seufzend und kopfschüttelnd ging die Graue Maus in einen Seitengang und kam kurz darauf mit zwei weißen, frisch gewaschenen und gestärkten Kitteln zurück. »Dr. F. Ratte« stand auf dem einen, »Dr. Pimpernelle« auf dem anderen. Die Graue Maus half Franz in seinen und schlüpfte selbst in ihren Kittel.

»Kneift ein bißchen«, murrte Franz und zupfte an seinem Kittel herum. »Zu heiß gewaschen, oder was?«

»Oder zuviel gefressen!« kam die prompte Antwort.

»Bei deinen Kochkünsten? Wohl kaum, Pimper!«

Der Maus entfuhr ein entrüstetes Zischen. »Also, ich ...«

»Dann woll'n wir mal!« rief Franz gutgelaunt. Er hatte wie immer das letzte Wort.

»Irgendwelche besonderen Spezialfälle heute?«

»Pfff!« machte die Graue Maus.

Rattes Sprechstunde, die er gemeinsam mit Fräulein Pimpernellen vormittags abhielt, war eine feststehende Einrichtung auf dem Müllberg. Hier wurden alle Leiden, Wehwehchen und Probleme behandelt und kuriert.

Nase verstopft? Kein Problem mit Original-Rattes-Gurkenschleimsalbe. Blähungen? Kein Problem mit Original-Rattes-Heiltee aus fauligen Fischköpfen (ein echter Renner!). Schüchtern? Selber schuld! Ratte hatte für jede Krankheit, für jedes Problem ein Mittelchen oder einen flotten Rat zur Hand.

Das Wartezimmer war wie gewöhnlich übervoll mit geduldigen Patienten. Stammkunden, die meisten, wie zum Beispiel die Taube Gerlinde, die unter Verdauungsstörungen litt. Eine Ratte brauchte dringend ein Muttertagsgedicht, zwei Mäuse konnten sich nicht über die Aufteilung eines uralten Gouda-Restes einigen, die Krähe wollte sich mal gründlich durchchecken lassen, Nelson saß da, hatte aber vergessen,

was er wollte, und Anselm hockte dort mit saurer Miene und eingeklappten Ohren. Ein ungewohnter Anblick, denn der Hase stand in dem Ruf, ein großer Casanova zu sein. Scharen von verliebten Häsinnen liefen ihm für gewöhnlich nach.

»Morgen!« grüßte Franz fröhlich in die Runde.
»Guten Morgen, Herr Doktor!« war die einstimmige Antwort.
»Siehst du, Pimper, das ist Respekt.«
»Jaja!« sagte Fräulein Pimpernelle.

Fräulein Pimpernelle! Die Graue Maus. Franz bekam immer noch Herzklopfen, wenn er sie sah. Obwohl er kaum ein nettes Wort über die Lippen brachte, liebte er die Graue Maus. Mehr als jedes Magengeschwür.

An besonders schönen Abenden, wenn das letzte Tageslicht den Lüchtenberg in einem weichen Rot badete und der Mond schon auf-

stieg, saßen sie manchmal dicht beieinander am Ufer des Lüchtensees, hielten sich bei den Pfoten und seufzten leise. Fräulein Pimpernelle vor Glück, Franz vor heftigen Schmerzen, wie er vorgab.

Franz entsann sich nicht, daß es je eine schönere Zeit gegeben hätte. Es war herrlich, er war glücklich. So hätte es immer bleiben können.

»Tag, Franz!« sagte Anselm und quetschte sich umständlich mit eingeknickten Löffeln in die niedrige Sprechhöhle.

»Himmel, was willst du denn schon wieder?« stöhnte Franz.

»Also, wie soll ich sagen ...«, begann Anselm, »meine Bekannten ...«

»Verstehe«, nickte Franz und dachte an Anselms kichernden Fanklub. »Sie gehen dir auf den Nerv und du willst sie loswerden! Kein Problem.«

»Absolut nicht!« widersprach Anselm lebhaft. »Du verstehst mich falsch. Aber, hm ... also, meine Bekannten meckern in letzter Zeit an mir herum ...«

»Verstehe«, sagte Ratte.

»Aha«, sagte Anselm und wartete ab.

»Also, was?« rief Franz ungeduldig. »Was sagen sie nun? Habe nicht den ganzen Tag Zeit!« Hasen! Franz verdrehte die Augen.

»Tja, sie sagen, daß bald Ostern wär.«

»Ostern? Nie gehört.«

»Ich ja auch nicht«, sagte Anselm. »Naja, da müsse man als Hase Eier anmalen und mit einem Korb austragen und verstecken, sagen meine Bekannten. Sonst wär man kein richtiger Hase, sagen meine Bekannten.«

»Du lieber Himmel!« stöhnte Franz. »Warum das denn?«

»Weiß nicht«, nuschelte Anselm verlegen.

»Wie peinlich! Als ausgewachsener Hase Eier anmalen und verstecken?« sagte Franz. »Lächerlich!«

»Aber was soll ich tun?« mümmelte Anselm weinerlich.

»Nicht verzagen – Ratte fragen! Komm morgen früh vorbei, dann sehen wir weiter.«

Damit schob Franz den unglücklichen Hasen aus der Höhle. Es gab schließlich noch andere Patienten.

»Der Nächste bitte!«

Die Sprechstunde verlief wie am Schnürchen. Fräulein Pimpernelle hatte sich inzwischen ein Muttertagsgedicht für die Ratte ausgedacht:

> »Mutter bist du, hast nie Ruh,
> machst nie deine Augen zu,
> bist stets da, bin ich mal krank –
> liebe Mutter, vielen Dank!«

Die Graue Maus dachte an Franz. Auf so eine Idee käme er gewiß nie!

Franz löste gerade das Goudaproblem der beiden Mäuse auf seine Weise. Er brach zwei etwa gleich mickrige Stücke von dem Brocken ab, reichte sie den streitenden Mäusen und verschlang kurzerhand den weitaus größeren Rest.

»Honorar«, erklärte er kauend.

Fräulein Pimpernelle checkte derweil die Krähe durch, die sich aber bis auf eine leichte Heiserkeit als völlig gesund erwies.

»Aber man kann ja nie wissen«, erklärte die Krähe. »Besser, ich komme morgen nochmal vorbei. Sowas kann sich schnell ändern.«

Franz tippte sich an die Stirn. Eingebildete Kranke hatten ihm noch gefehlt!

Nelson, dem sein Anliegen immer noch nicht eingefallen war, wurde von Franz kurzerhand mit freundlichen Worten hinausbefördert. Erst später fiel dem dicken Kater ein, daß er eigentlich gekommen war, um »die blöde Ratte« zu fressen. Dann eben morgen, dachte er.

»Sonst noch jemand?« rief Franz, als Nelson hinaus war.

»Juhu, Monsieur Doktör!« war die Antwort. Eine kleine Schachtel, die in einer augenschädlichen Mischung aus Orange und Rosa leuchtete, wackelte um die Ecke. Franz verkniff die Augen, so sehr blendete ihn die Farbe.

»Creme Pfirsich«, plapperte es munter weiter aus der Schachtel. »Die Farbe de la Saison. Olala! Eine Kreation von mir, mon cher Doktör!«

Die Schachtelmaus. Ein Fall für sich. Eines Tages war sie schüchtern piepsend in Rattes Praxis erschienen, weil sie sich nicht aus ihrer Schachtel heraustraute. Ratte, unerfahren mit Schachtelängsten, hatte der Maus den launigen Rat gegeben, in der Schachtel zu bleiben, da sie die Maus interessanter mache. Das kam an! Interessant! So bemalte die Maus fortan ihre Schachtel abwechselnd in den schrillsten Farben und hatte sich zur unumstrittenen Expertin in Modefragen auf dem Lüchtenberg ernannt. Den »Herrn Doktor«, wie sie Franz nannte, verehrte sie abgöttisch.

»Mon cher Doktör!« äffte die Graue Maus sie nach und bedachte die Schachtel mit einem vielsagenden Blick.

Der französische Akzent, den die Schachtelmaus bei einer zugereisten Taube gehört hatte, war ihre neueste Masche. Der machte sie, wie sie fand, noch ein gutes Stück interessanter.

»Nun sagen Sie schon, Monsieur Doktör!« bettelte sie.

Franz stöhnte. Hatte er nicht schon genug Ärger am Hals? Jetzt nervte ihn auch noch diese spinnerte Schachtelmaus.

»Worum geht's?« fragte er knapp.

»Um misch! Isch muß wissen, wie Sie, als grand Experte, die Farbe finden, mon cher Doktör!«

»Soll der Ihnen was sagen, der Experte?« schnappte Franz.

»Oh, isch bitte darum!«

»Genau das richtige für Maulwürfe, wenn Sie den Experten fragen!«

»Maulwürfe?«

»Genau. Die sind nämlich blind!«

Fräulein Pimpernelle blickte Franz strafend an. Mußte das sein? Die Schachtel blieb wie angefroren stehen. Drinnen schnaufte es erschrocken.

»Sie Unge'euer!« quietschte es. Es klang nach Tränen. »Sie ... Sie ... Ratte!« Unter spitzen Quietschern wackelte die Schachtel davon.

»Das war zu hart, Franz!« tadelte ihn Fräulein Pimpernelle.

»Ach was, kleiner Scherz«, sagte Franz zufrieden. »So, und jetzt gibt's Wichtigeres! Ich bin auf Ersatzteilsuche.«

Ehe die Graue Maus noch etwas einwenden konnte, drückte er ihr einen Kuß auf die Schnauze und verschwand nach draußen. Eine ganz neue geniale Erfindung stand kurz vor der Erprobung. Franz wollte nur noch einige notwendige Einzelteile auf dem Müll sammeln. Schläuche vor allem.

Fast den ganzen Tag streifte er über den Müll. Hinter einem zerbeulten und geplünderten Panzerschrank fiel ihm wieder dieses seltsame Gewächs auf, das überall grünte und büschelweise auf dem Müll austrieb. Ein ungewohnter Anblick. Franz zückte sein Notizbuch und notierte auf Seite 22: »Überall stacheliges Grünzeug. Vermutlich hochgiftig. Daher sicher auch meine eitrig-entzündliche Bronchialverschlingung. Habe nicht mehr lange.«

Als er sein Notizbuch zufrieden wieder zuklappte, sah er in einiger Entfernung vor sich einen Raben, der an einem der Büschel fraß. Ein großer Rabe. Sein Gefieder glänzte blauschimmrig in der Sonne. Franz hatte ihn nie zuvor auf dem Lüchtenberg gesehen.

Als hätte Ratte ihn aufgeschreckt, drehte der Rabe sich ruckartig um, krächzte scharf, daß Franz zusammenzuckte, und flog davon.

Franz begann zu frösteln. Bestimmt das Fieber, dachte er. Aber das glaubte er selbst nicht. Beladen mit Schläuchen, vermoderten Pappen und verkratzten Plastikteilen machte er sich auf den Heimweg. Auf seinen Armen und Pfoten kräuselte sich eine dicke Gänsehaut.

Prinz Anselm, der Osterhase

»Pimper, hast du die Original-Rattes-Schokoladenpresse gesehen?«

»Liegt unter dem Wurstpellenmixer!«

Ratte hatte sich in einem Gerümpelhaufen vergraben, den er »Lager« nannte, und fuhrwerkte herum, daß seine Werkstatthöhle zitterte. Fräulein Pimpernelle stand ungerührt mit einer Liste im Eingang. Sie hatte ein ganz neues System in Rattes Höhle eingeführt. Sie nannte es »Ordnung«. Franz fand es unverständlich und kompliziert – und vor allem überflüssig.

»Aha! Und wo liegt der?«

Ein kurzer Blick in die Liste, und – zack – kam die Antwort: »Zwischen dem Katzenmelder und dem Original-Rattes-Fischgrätengrill natürlich!« Das war Ordnung!

»So! Und wo, bitte, befinden sich diese genialen Erfindungen?« schrie Franz mühsam beherrscht zurück.

»Direkt vor dem Faltboot aus Gefrierbeuteln!« erwiderte die Maus mit größter Gelassenheit. Franz tauchte zitternd aus dem Gerümpel auf.

»Pimper! Wo liegt das Faltboot? Wo?«

Die Graue Maus klimperte unschuldig mit den Augen.

»Das Faltboot?« fragte sie.

»Jawohl, das Faltboot!« keuchte Franz. »Das Faltboot!«

»Keine Ahnung«, sagte die Maus. »Keine Ahnung!«

Franz lief bedenklich rot an.

»Ich platze gleich! Gleich platze ich! Ich platze ... jeeeetzt!!« Er griff sich an die Brust, verdrehte die Augen und wälzte sich röchelnd auf dem Boden. »Aaaargh! Ein Anfall ... mein Herz ... Hilfe!«

Fräulein Pimpernelle schaute gar nicht hin.

»Was suchst du eigentlich?« fragte sie.

»Baupläne, was sonst!«

»Und warum suchst du dann die Schokoladenpresse?«

»Mein System!« erklärte Franz. »Einfach rattengenial. Man findet doch immer nur das, was man gerade am wenigsten braucht. Also suche ich, was ich nicht brauche, und finde, was ich suche. Logisch, oder?«

»Rattenlogik«, meinte Fräulein Pimpernelle. »Und was, bitte, willst du bauen?«

»Mein ORUSEBO«, verkündete Franz. »Ist so gut wie fertig!«

»Dein was?«

»Mein Original-Rattes-Unter-See-Boot! Meine neueste Erfindung!«

»Franz!« stieß Fräulein Pimpernelle hervor.

»Ich will keine Einwände hören, Pimper! Die Expedition ist schon lange beschlossene Sache. Ich, Franz Ratte, werde auf den Grund des Lüchtensees tauchen und ihn wissenschaftlich erforschen! Und anschließend nennen wir ihn den Franz-Ratte-See!«

Die Graue Maus seufzte.

»Ich bin vorne, wenn du mich suchst!« sagte sie. Was Franz sich einmal etwas in den Kopf gesetzt hatte, konnte ihm niemand ausreden. Im Gegenteil: Je mehr man es versuchte, um so hartnäckiger beharrte er

darauf. Fräulein Pimpernelle kannte das nur zu gut. Sie schwieg also und hoffte auf Rattes Vergeßlichkeit. Manchmal vergaß er solche gefährlichen Vorhaben einfach. Aus gesundheitlichen Gründen, wie Fräulein Pimpernelle vermutete. Vielleicht auch diesmal. Hoffentlich!

Jetzt aber machte sie es sich erst einmal gemütlich. Mit Modejournalen! Ach, die Welt war schön, die Welt war herrlich, und sie kam zu ihr in Form von aufgeweichten, zerknitterten alten Zeitschriften.

Fräulein Pimpernelle hatte sich gerade mit den lappigen Resten einiger bunter Journale in ihrer Leseecke zurechtgekuschelt, als es am Eingang kratzte und scharrte.

»Dienstag ist Ruhetag!« rief die Maus, doch das Kratzen ließ nicht nach. Fräulein Pimpernelle legte ungehalten die Blätter beiseite und kletterte nach draußen, um nachzusehen, wer sie da so hartnäckig bei ihrer Lieblingsbeschäftigung störte. Vor dem Eingang jedoch war niemand zu sehen. Seltsam. Die Maus blickte sich um. Sie sah einige Ratten, die um eine Fischgräte stritten, einige zankende Tauben, einen Raben, der über dem Müll seine Kreise drehte, und eine Horde Käfer, die sich um eine Apfelkitsche balgte. Es roch nach Streit und nach Sturm. Fräulein Pimpernelle fröstelte.

»Ist er da?«

Die Graue Maus zuckte zusammen. Hinter ihr stand Anselm und druckste verlegen herum.

»Hast du mich erschreckt!« fuhr sie den Hasen an.

»Tut ... tut mir leid.«

»Er ist unten«, sagte die Maus. »Nur immer den Wutschreien nach!«

Anselm bedankte sich, klappte seine Ohren zusammen und kroch in die Höhle.

»Habe schon einen Plan«, sagte Franz, als der Hase erwartungsvoll in seiner Werkstatt stand. »Schlägt ein wie Ratte! Altes Rattensprichwort. Ich, Franz Ratte, mache aus dir einen richtigen Osterhasen. Den würdevollsten und prächtigsten der Welt!«

»Hast du denn schon mal einen gesehen?« zweifelte Anselm.

»I wo, niemals«, verneinte Ratte. »Vertrau mir.«

Anselm machte ein säuerliches Gesicht. Er hatte jedoch keine Wahl.

»Wie findest du überhaupt meine Werkstatt?« fragte Ratte. »Neues System. Ich nenne es ›Ordnung‹, genial, was?«

Den ganzen Vormittag verbrachten die beiden in der abgeriegelten Werkstatt. Listig verriet Franz gegen Mittag einer Möwe unter dem heiligen Versprechen absoluter Verschwiegenheit, daß es bald den schönsten Osterhasen der Welt zu sehen gäbe.

»Kein Sterbenswort zu niemandem!« raunte Ratte.

»Großes Möwenehrenwort!« raunte die Möwe mit Verschwörermiene zurück, und bereits gegen Nachmittag wußte der ganze Lüchtenberg Bescheid. Auf Möwen ist Verlaß.

Obwohl niemand auch nur den blassesten Schimmer hatte, was ein Osterhase ist, hatten sich alle Tiere neugierig vor Anselms Höhle zusammengedrängt.

»Geht's jetzt los?« nuschelte es inzwischen aufgeregt in Rattes Werkstatthöhle.

»Und wie!« rief Franz. »Komm raus!«

Umständlich kletterte Anselm aus der Werkstatt in die Vorhöhle. Fräulein Pimpernelle traf beinahe der Schlag.

»Diesmal bist du zu weit gegangen, Franz«, ächzte sie.

Und wie! Mit Stoffetzen, alten Pappen, Schläuchen, Plastikfolien, Papierresten, Leuchtbirnchen, Kabeln und Drähten hatte Franz aus Anselm ein Wesen von einem anderen Stern gezaubert. Zwischen den verdrahteten Ohren zwirbelte ein kleiner Propeller, auf dem Rücken blinkte eine Reihe kleiner Lämpchen, der komplette Hase war verpackt und eingewickelt, daß er sich kaum bewegen konnte. Die Krönung jedoch waren zwei riesige Flügel aus Maschendraht, die Franz mit roter Folie bespannt und dem Hasen umgeschnallt hatte. Diese Flügel, Teil einer Flugmaschine, die es nie bis zur Erprobung gebracht hatte, schleiften nun schwer und plump über den Boden. Anselm sah aus wie ein chinesisches Neujahrsungeheuer.

»Ich lasse nicht zu, daß ihr so nach draußen geht!« verkündete die Graue Maus entschieden.

»Quatsch!« sagte Franz. »Zurückhaltung ist Schwäche. Ich, Franz Ratte, weiß, was Eindruck macht.«

»Ein albernes und unwürdiges Spektakel«, erwiderte die Maus.

»Ist was?« mümmelte Anselm, der nicht wußte, wie er sich in seiner Kostümierung fühlen sollte.
»Nichts«, meinte Ratte. »Gar nichts. Du siehst blendend aus.«
»Echt?« Anselms Eitelkeit erwachte.
»Absolut!« nickte Ratte.
»Es zwickt aber.«
»Du schlappohrige Plüschmimose! Die Kunst verlangt Opfer. Und jetzt: Klappe halten, wir machen einen Umzug!«
»Nein!« gebot Fräulein Pimpernelle.
Doch Ratte duldete keinen Widerspruch. Stolz marschierte er an der Grauen Maus vorbei. Und da der sonst so großmäulige Anselm in den Tiefen seines Herzens ein Duckhase geblieben war, gehorchte er und folgte. Erwartungsvoll und im Bewußtsein seiner osterhasigen Würde, hoppelte er hinter Ratte her bis vor seine Höhle, wo seine Freundinnen

und fast die gesamte Einwohnerschaft des Lüchtenbergs den »Osterhasen« bereits erwarteten.

»Prinz Anselm, der Osterhase!« rief Franz. »Der schönste Osterhase der Welt!«

Ratte wandte sich zu seinem Freund um. »Sag was!« zischte er.

»He, ihr Süßen, ich bin der Osterhase!« rief Anselm.

Keine Antwort. Ungläubiges Schweigen.

»Der einzig wahre ...«, flüsterte ihm Ratte vor.

»Der einzig wahre, schönste und tollste Osterhase der Welt!« tönte Anselm überzeugt.

Die Häsinnen blickten sich an. Die eine grinste, der anderen zuckten die Mundwinkel, die nächste bekam schon keine Luft.

»Osterhase?«

»Prinz Anselm?«

»Lächerlich!«

»Zum Totlachen!«

Und dann brach es aus ihnen heraus. Sie kicherten, lachten, prusteten und glucksten. Ihr Lachen ergriff die umstehenden Tiere und breitete sich wie eine Lawine aus. Alle lachten, Möwen und Kröten, bekannt für ihre Schadenfreude, immer vorneweg.

Der Hase begann zu heulen. »Alles deine Schuld!« schluchzte er.

»Quatsch!« meinte Ratte. »Alles Banausen! Dieses Jahrtausend ist eben noch nicht reif für dich!«

Da er aber aus leidvoller Erfahrung wußte, wozu der Hase in seiner Wut fähig war, hielt er es für das Gesündeste, sich schleunigst zu empfehlen. Seine Arbeit war schließlich getan.

»Also, Anselm, schönen Tag noch!« rief er. »Habe wieder diese – aua! – Herzstiche! Muß sofort ins Bett! Man sieht sich.«

Eilig machte er sich aus dem Staub.

»Du Monstrum! Das zahle ich dir heim!« schrie der Hase Franz hinterher. »Du gequetschte Stinkmorchel, schimmeliger Wackelpeter, aufgeschäumtes Matschkompott! – Raaaaache!«

Er wollte ihm wütend nachsetzen, trat aber mit seinen Hinterläufen auf die riesigen Flügel, stolperte und knallte hin. Das rief einen erneuten Lachsturm hervor.

Franz war schon über alle Berge.

Der Schatten eines Raben überstrich die versammelte Menge, und eine neue Stimme lachte mit. Ein Lachen, das der fröhlichen Schadenfreude den Geschmack des Bösen und Grundgemeinen beigab. Immer lauter wurde sie, bis sie in ein durchdringendes, langgezogenes Krächzen überging.

»Kkkkkkkkkkrrrrrraaaaaack!«

Ein Ton, so gequält und durchdringend, daß er jeden anderen Laut erstickte. Die Tiere verstummten. Sie blickten hinauf in den Himmel, aber dort war nichts zu sehen. Unbehagen breitete sich aus. Dann verstummte das entsetzliche Geräusch so plötzlich, wie es eingesetzt hatte. Angst lag drückend in der Luft. Wie auf einen unausgesprochenen Befehl zerstreuten sich die Tiere. Binnen kurzem war der Platz vor Anselms Höhle wie leergefegt.

Der Besuch

In den nächsten Tagen machte ein Gerücht die Runde. Ein neuer Wunderheiler hatte auf dem Lüchtenberg eine Praxis eröffnet. Es hieß, er solle über sagenhafte Fähigkeiten verfügen.

»Blödsinn!« blaffte Franz, als er davon Wind bekam. »Hier gibt's nur mich, Franz Ratte. Das genügt vollkommen! Oder?«

Die Graue Maus schwieg.

»Und wenn schon!« rief Franz. »Konkurrenz belebt das Geschäft.«

Aber das stimmte nicht. Seine Sprechstunde wurde von Tag zu Tag schlechter besucht, bis schließlich fast gar keiner mehr kam. Nur die Taube Gerlinde, die einsame Dauerpatientin, heimlich verliebt in Franz, saß noch in Rattes Wartezimmer.

Es hatte sich herumgesprochen, daß der neue Wunderheiler ein Rabe war. Franz entschloß sich zu einem Besuch bei dem unbekannten Neuling.

»Will gar nicht spionieren, Pimper!« beteuerte er. »Habe ich, Franz Ratte, auch gar nicht nötig. Will mich nur mal wieder so richtig totlachen! Hahaha! Wer könnte mir, Franz Ratte, wohl das Wasser reichen? Nicht lange überlegen, Pimper – keiner natürlich!«

Franz war übelster Laune. Er scheitelte sorgfältig seine kleinen Borsten auf dem Schädel, zog einen frischen Kittel an, stopfte sich allerhand Werkzeug in die Taschen, weil es, wie er fand, wichtiger aussah, und machte sich auf den Weg.

Fräulein Pimpernelle beeilte sich, ihm zu folgen. Sie wollte Franz auf keinen Fall alleine gehen lassen.

Es war nicht allzu schwer, die neue »Wunderpraxis« zu finden. Man brauchte nur der langen Schlange von Tieren zu folgen, die sich viel-

fach verschlungen über den Müll zog. Geduldig und friedlich warteten selbst die unruhigsten Marder, bis sie an der Reihe waren. So einen Andrang hatte Ratte in seiner ganzen Laufbahn noch nicht erlebt. Seine Laune sank auf den absoluten Nullpunkt.

»Wer oder was geht hier vor?« fragte er streng und verschränkte die Arme vor der Brust. Die Tiere drucksten verlegen herum.

»Ich... also ich lasse mir die Zukunft vorhersagen«, piepste eine Maus schließlich.

»Ich auch!« rief eine Möwe. »Aber ich bin eher dran!«

»Hm«, machte Franz. »Na, prima. Und wer sagt euch die Zukunft voraus?«

Allgemeines Achselzucken.

»Wissen wir nicht«, plapperte eine Taube. »Das ist geheim. Wer schon dran war, darf nichts verraten, aber es soll wirklich alles stimmen, und ich habe mir extra ein paar Fragen aufgeschrieben, weil ich doch unbedingt...«

»Verstehe!« unterbrach Franz den Wortfluß. »Komm, Pimper!« Entschlossen marschierte er die Warteschlange entlang nach vorn.

»Hö, nöcht vördröngöln!« beschwerte sich ein Kröterich. Franz wirbelte herum und blitzte die Kröte wütend an.

»Franz Ratte wartet nicht – Franz Ratte wird erwartet!« schnauzte er. »Kapiert?«

Die Kröte nickte eingeschüchtert. Obwohl sehr vorlaut, sind Kröten zartbesaitete Wesen.

Die Schlange endete vor einer riesigen Kiste mit einem Loch an der Vorderseite, durch das man ins lichtlose Innere gelangte. Die Kiste war umringt von einem halben Dutzend Krähen, die grimmig in die Runde blickten. Wachposten. Eben kam ein Maulwurf heraus. Er hielt einen Stengel der stacheligen Pflanze in den Pfoten und biß etwas davon ab.

»Farben! Ich sehe Farben!« rief er und wankte davon.

Ohne zu zögern, drängte sich Franz vor, schob das schwarze Tuch beiseite, das den Eingang verdeckte, und betrat, eilig gefolgt von Fräulein Pimpernelle, die Kiste.

Dunkel umfing sie, vollkommenes Dunkel. Man konnte nicht einmal mehr bis zur eigenen Nasenspitze sehen. Es roch auch merkwürdig streng. Die Graue Maus hustete schon. Langsam gewöhnten sich Rattes Augen an die Dunkelheit, und er erkannte einen Haufen des seltsamen Gewächses in einer Ecke des Kartons. Aber wo war der unbekannte Hellseher?

»Willkommen!«

Eine Stimme wie Schleifpapier. Eine Stimme, die Ratte schon einmal gehört hatte. Er drehte sich um.

Ein Rabe stand auf einem Bein vor ihnen und beäugte sie aufmerksam.

Franz spürte, daß Fräulein Pimpernelle neben ihm zitterte. Der Rabe sagte lange nichts, dann brach er das Schweigen.

»Womit kann ich dienen?«

»Ähem ...«, räusperte sich Franz. »Ich bin Franz Ratte! Dr. Franz Ratte, Erfinder und Wohltäter!«

»Wohltäter!« rief der Rabe und lachte heiser.

Bei allen verfaulten Fischen, was für ein Angeber!

»Ich ...«, hob Franz an, doch der Rabe ließ ihn nicht ausreden.

»Weiß schon, wer du bist«, krächzte er. »Oder besser: Wer du warst. Denn von nun an gibt es mich!«

»Also ...«, wollte Fräulein Pimpernelle Franz beistehen.

»Fräulein Pimpernelle!« unterbrach sie der Rabe und musterte sie abschätzig. »Weiß schon. Die graue Maus, wie sie im Buche steht!« Er

lachte heiser, und sein Lachen klang wie das Kreischen von Krallen auf einer Schultafel. Der Grauen Maus prickelten eiskalte Schauer über den Rücken.

»Vergaß, mich vorzustellen: Iskander, mein Name. Der Große Iskander.« Der Rabe verbeugte sich mit einer tänzelnden Bewegung. »Göttliche Fügung hat mich, den Meister, hierher gesandt, um das Licht der Wahrheit in das Dunkel der Unwissenheit zu tragen.«

»Licht der Wahrheit!« stieß Franz hervor. »In dieser Muffkiste!«

»Jawohl!« Iskanders Tonfall war schärfer geworden. »Und für Ungläubige wie dich, Kleiner, ist hier kein Platz mehr! Kapiert?«

Und ob Franz kapierte.

»Großer Iskander!« sagte er eisig, als wolle er ausspucken. »Ha! Komm, Pimper, sonst wächst mir noch ein Lachfurunkel!«

Er nahm Pimpernelle fest bei einer Pfote und zog sie fort. »Klarer Fall von Rabenschwachsinn. Delirium rabis gigantis, wie wir Lateiner sagen.«

»Wir sehen uns noch«, rief ihm der Rabe nach. »Morgen abend gebe ich eine kleine Vorstellung! Ihr seid eingeladen!«

»Verzichte!« brüllte Ratte, zitternd vor Zorn, und zerrte Fräulein Pimpernelle eilig nach draußen, wo die wartenden Tiere sie schweigend anblickten.

»Aufgeblasener Staubfänger!« schrie Franz und stapfte wütend nach Hause. Die Worte des Raben drückten ihm schwer auf den Magen.

»Ach, Franz«, sagte Fräulein Pimpernelle betont munter. »Kopf hoch, tief durchatmen und bis drei zählen. Es könnte schlimmer kommen!«

Da hatte sie recht. Franz hob den Kopf, atmete tief durch, zählte bis drei – und es kam schlimmer!

Vor dem Eingang ihrer Wohnhöhle türmte sich eine Unmenge kleiner prallgefüllter Beutel und Taschen. Und inmitten dieser Beutel hockte lächelnd eine fette Ratte. Als Franz die Ratte sah, wurde er aschfahl.

»Allmächtiger Rattenkönig, tu mir das nicht an!« stöhnte er. In diesem Moment wandte sich die Ratte um und entdeckte Franz. Sofort erhob sie sich und lief auf ihn zu.

»Ja, hallo, Franz, altes Haus, du! Toll dich zu sehen, du, echt toll! Also, ich bin gerade auf Achse, und da komme ich am Lüchtenberg vorbei und denke mir: Schau doch mal bei Franz herein. Toll, nicht? Tja, du, und hier bin ich! Freust dich sicher! Ich hab auch was mitgebracht! Und zwar massenhaft Zeit! Ich bleib für ein paar Wochen! Können auch ein paar mehr werden. Ich brauche echt nicht viel Platz, du. Nur ein kleines Eckchen für meine paar Sachen!« Die Ratte zeigte auf die Ansammlung von Beuteln, die den Hausstand einer ganzen Rattenfamilie enthielten.

Franz und Fräulein Pimpernelle standen sprachlos. Franz setzte seine Beerdigungsmiene auf und schüttelte den Kopf.

»Zu gefährlich, leider. Ich, äh ... leide an einer ansteckenden, tödlichen Krankheit.« Er hustete schwach.

»Keine Sorge, ich bin geimpft«, erwiderte die Ratte fröhlich und begann, ihren Kram in die Höhle zu schaffen.

»Die Höhle ist ganz winzig!«

»Groß genug, du!« drang es von unten herauf.

»Wir, äh ... wir haben gar nichts zu fressen da!«

»Schon was gefunden!« war die Antwort.

»Wir wollen aber allein sein!« platzte Franz jetzt heraus.

Die Ratte erschien wieder an der Oberfläche.

»Also sag mal, Franz, du: Von Familienehre hast du wohl noch nie was gehört, wie? Also, echt, wenn man einmal die Familie braucht ... Aber bitte, wenn dir das nichts mehr bedeutet, wenn du deine eigene Familie rausschmeißen willst, wenn ...«

»Okay. Willkommen«, sagte Franz mit belegter Stimme.

»Wie bitte?« Die Graue Maus traute ihren Ohren nicht.

»Echt super von dir, Franz, du!« rief die Ratte. »Nur die Ruhe, Leute, keinen Streß!«

»Dürfte ich vielleicht, also nur, wenn es keine Umstände macht, auch erfahren, was hier vorgeht?« fragte die Graue Maus in ihrem gefährlichsten Tonfall. Franz machte eine entschuldigende, hilflose Geste.

»Familienehre«, sagte er. »Was soll man da machen? Pimper, darf ich dir meinen Vetter Gisbert vorstellen ...«

»Sag du zu mir!« rief Gisbert.

Üble Tricks

Gisbert hatte sich mit Sack und Pack in der Höhle ausgebreitet. Er schien zudem an einer furchtbaren Krankheit zu leiden: unstillbarer Hunger! Er fraß unablässig. Tag und Nacht. Franz hatte alle Vorräte, so gut er konnte, versteckt, doch Gisbert verfügte über einen begnadeten Spürsinn und entdeckte auch den letzten Krümel. Er befand sich, wie er erklärte, gerade »auf Achse, um zu sich selbst zu finden«. Auf dieser offenbar langen und zehrenden Suche machte er reihum Station bei seinen Verwandten, um sich »geistig zu sammeln« und »den inneren Kompaß neu einzurichten«. Den Stammsitz dieses »Kompasses« vermutete Franz stark in der Magengegend.

Gisbert war aber nicht Rattes größte Sorge. Viel mehr als sein verfressener Cousin beunruhigte ihn der Rabe Iskander.

Wer ist er? dachte Franz. Was hat er vor?

Der Rabe beschäftigte ihn so sehr, daß er am nächsten Tag sogar seinen täglichen Frühsport vergaß. Nelson wartete den ganzen Vormittag hinter der alten Zinkwanne und begann, sich ernsthafte Sorgen zu machen.

Da es wegen Gisbert zu Hause unerträglich geworden war, trieb sich Franz den Tag über auf dem Lüchtenberg herum. Wieder war außer Gerlinde niemand zur Sprechstunde erschienen. Dafür war die Schlange vor Iskanders Kiste, die eine unbekannte Künstlerin inzwischen grellbunt bemalt hatte, noch länger geworden. Iskander hatte auch überall auf dem Müll Schilder und Hinweistafeln aufgestellt.

ISKANDER KENNT DEINE WÜNSCHE!
stand dort zum Beispiel. Oder:
FINDE DEIN GLÜCK BEI ISKANDER!

Oder:
GLAUBE AN DEN GROSSEN ISKANDER!
Und:
ALLE WEGE FÜHREN ZU ISKANDER!

Franz sah die Schachtelmaus vor einem Schild stehen, das parahypnotisch-astrologische Persönlichkeitsanalyse durch Großmeister Iskander versprach.

»Para ... Hypo ... Astro ... – Wau!« stammelte es begeistert aus der Schachtel, und sie reihte sich eilig in die Schlange ein.

»Kurpfuscherei!« schimpfte Franz laut. »Hokuspokus und nix dahinter!«

»Allös wössönschaftlöch erwösön!« behauptete dagegen eine Kröte. »Rabön lügön nöcht!«

»Der pure Neid«, winkte Anselm ab, der ebenfalls in der Schlange stand, und streckte Franz die Zunge heraus.

»Verräter!« schrie Franz.

»Nur keinen Streß, du!« Neben Anselm stand Gisbert. Wie immer kauend. »Weiß gar nicht, was du hast, Vetter Franz«, nuschelte er. »Hört sich doch echt stark an. Astrale Selbsterfahrung, kosmische Universalvereinigung in der Nulldimension und so. Kenne ich gut.«

»Plemplem seid ihr alle miteinander!« schrie Franz.

»Ganz gelb ist er schon vor Neid!« rief Anselm.

Von wegen gelb – Franz lief puterrot an. Gisbert legte väterlich seinen Arm um Rattes Schulter.

»He, Franz, immer locker bleiben! Wir sehen uns dann beim Abendessen!«

Locker bleiben! Was Gisbert nur für einen Blödsinn quatschte! Er, Franz Ratte, war doch vollkommen locker, absolut locker, locker wie ein aufgeschäumtes Quarktörtchen!

Die Pfoten geballt, knallrot, mit gesenktem Kopf und knirschenden Zähnen stürmte das aufgeschäumte Quarktörtchen zurück in seine Höhle. Fräulein Pimpernelle erschrak, als sie Franz so sah.

»Franz, mein Lieber, was hast du denn?« rief sie.

»Ich bin locker!« schrie Franz heiser. »Ab-so-lut locker!«

Iskanders »Vorstellung« sollte in der Dämmerung am Ufer des Lüchtensees stattfinden. Der ölige Müllsee war genau die unheimliche Kulisse, die der Rabe brauchte. Der schwarze See lag ruhig und unbeweglich. Selbst der leichte Nordwestwind, der seit einigen Tagen blies, vermochte ihm keine Welle zu entlocken. Etwas Bedrohliches ging von ihm aus. Allerhand Geschichten rankten sich um ihn. Angeblich wohnte dort ein langes, rüsselartiges Seeungeheuer, das die Kakerlaken, die vor einiger Zeit den Lüchtenberg bedroht hatten, weggesaugt hatte, behaupteten einige Tiere. Quatsch, behaupteten dagegen andere, das sei allein der große Rattenkönig gewesen.

Seeungeheuer, Rattenkönig – Franz glaubte weder das eine, noch das andere. »Mäusemärchen!« nannte er die Geschichten verächtlich. »Ich, Franz Ratte, werde den wissenschaftlichen Beweis liefern, daß der See leer ist!«

An diesem Seeufer wimmelte es nun von Tieren. Selbst die Ältesten und die Jüngsten waren gekommen.

Auch in Rattes Höhle machte man sich ausgehfertig.

»Beeil dich, Franz!« drängte Fräulein Pimpernelle. »Sonst verpassen wir noch den Anfang!«

»Nur die Ruhe, Pimper«, erwiderte Franz. »Die wichtigsten Gäste kommen immer zuletzt. Denk an mein schwaches Herz. Aufregung ist pures Gift für mich.«

»Voll richtig, du!« pflichtete ihm Gisbert kauend bei. »Streß ist die pure gebündelte negative Energie des universalen Kosmos, echt!«

Franz und Fräulein Pimpernelle blickten sich bedeutungsvoll an.

»Du könntest dir ruhig einen anderen Kittel anziehen«, tadelte die Graue Maus Rattes Erscheinung.

»Das ist mein Ausgehkittel!« rief Franz. »Zeichen meiner Würde, Zierde meines Berufes und ...«

»... viel zu klein!« vollendete Fräulein Pimpernelle den Satz. »Du hast zugenommen, mein Lieber.« Sie klopfte ihm liebevoll auf eine kleine, aber respektable Bauchkugel, die der Kittel straff umspannte.

»Weniger essen!« empfahl Gisbert.

»Das ist die eitrig ...«

»... entzündete Bronchialverschlingung, ich weiß«, sagte die Maus.

»Na, dann weißt du ja auch, daß meine Tage gezählt sind« erwiderte Ratte.

»Jaja«, meinte die Maus. »Können wir?«

Als Franz, Gisbert und Fräulein Pimpernelle das Ufer des Lüchtensees erreichten, badete die untergehende Sonne den ganzen Himmel in ein so blutiges Rot, daß Franz der Atem stockte.

Alle, aber auch alle waren versammelt! Und sie waren sehr aufgeregt. Die meisten hatten sich sogar besonders herausgeputzt. Man hatte sich zudem reichlich mit Nüssen, Käseecken, Wurstzipfeln und Keksen versorgt, die nun unter allgemeinem Geplauder verzehrt wurden.

Mit dem letzten Sonnenlicht, das vor der aufziehenden Nacht zurückwich, durchschnitt ein durchdringendes Krächzen die Luft. Winter lag in diesem Krächzen, Schneestürme und Frost. Die Tiere rückten ängstlich dichter zusammen, um bei ihrem Nachbarn ein wenig Wärme zu borgen.

Iskander ließ sich auf einem Autoreifen mitten im See nieder und breitete seine Flügel aus. »Verehrtes Publikum!« krächzte er. »Sensationen! Wunder dieser Welt! Träume werden wahr! Der Große Iskander lädt ein! Folgt mir auf eine wunderbare Reise!«

Jetzt bemerkte Franz, daß alle Tiere, außer ihm und Fräulein Pimpernelle, ein kleines Sträußchen der stacheligen Pflanze in den Pfoten oder Krallen hielten und daran kauten.

»Alle waren sie bei ihm«, raunte Franz der Grauen Maus zu.

Sogar Gisbert zog ein kleines Büschel hervor und fraß es mit einem Haps auf. Sein Blick wurde augenblicklich starr und trüb.

»Diese Farben ...«, murmelte er.

Iskander stieg auf und flog dicht über der versammelten Menge einige Kreise. Damit begann die Vorstellung.

»Leben und Tod!« rief der Rabe von oben.

»Ah!« und »Oh!« und »Öh!« staunten die Tiere und wischten sich den Schweiß.

»Wie denn? Was denn?« fragte Franz. Fräulein Pimpernelle zuckte nur fragend mit den Schultern.

»Dieses Wunder!« jubelte Gisbert. »Echt toll! Besser als die vier kosmischen Energieströme im ewigen Astral!«

»Völlig plemplem!« stellte Ratte fest. »Alle miteinander!«

Er blickte sich um: Da saßen oder standen nun die Tiere und wischten sich den Schweiß ab, als befänden sie sich in der Wüste. Dabei wurde die Nacht auf dem Lüchtenberg bereits empfindlich kalt.

»Wunder dieser Welt!« krächzte Iskander und schlug mit den Flügeln. Die Tiere klammerten sich aneinander und schrien.

»Jetzt drehen sie durch«, meinte Ratte mit einem besorgten Blick in die Runde. »Was macht Iskander mit ihnen?«

»Die Pflanze!« rief Fräulein Pimpernelle.

»Wunschzeit!« versprach Iskander jetzt. Seine nachtschwarzen Augen glühten wie von einem inneren Feuer.

»Nur Mut, was darf es sein?«

Die Tiere keuchten erschöpft.

Eine Kröte meldete sich schüchtern. »Öch ... öch möchtö söngön!«

Der Rabe lachte scharf und schlug mit den Flügeln. Die Kröte öffnete ihr Maul und begann zu singen. Naja – singen?

»Zauberhaft! Bravo! Da capo!« jubelten die Tiere, denn für sie hörte sich das schiefe Gequake an wie der Schmelz von Franco Corelli, des berühmten neapolitanischen Tenors.

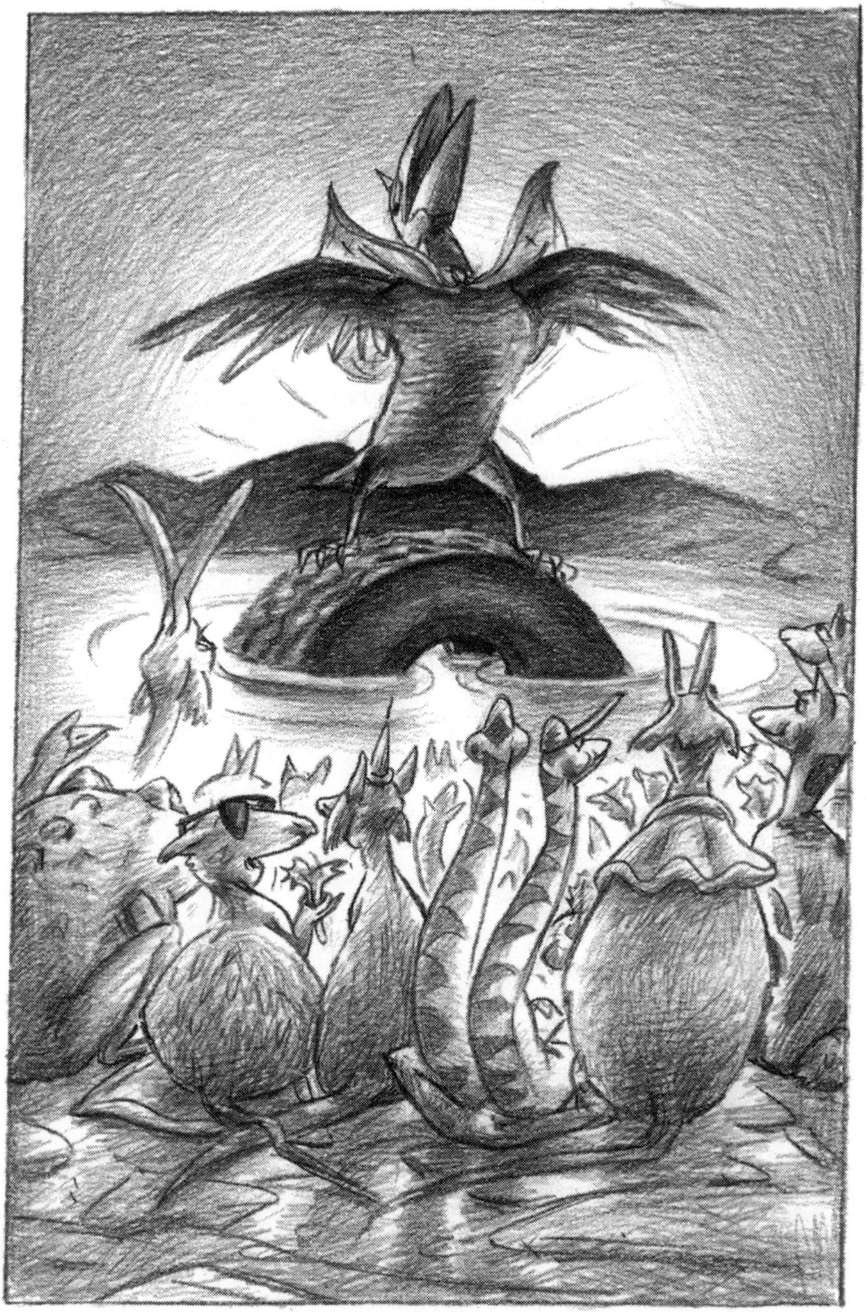

»Aufhören!« stöhnte Franz und hielt sich die Ohren zu. Die Kröte quakte nämlich so gräßlich wie eh und je. Wer Kröten kennt, der weiß Bescheid.

»Viele bunte Schachteln!« verlangte nun die Schachtelmaus.

»Ein neues Bein!« wünschte sich eine einbeinige Taube.

»Flügel!« Der geheime Wunsch einer Katze.

»Was zu fressen!« Das war Gisbert.

Sogar Nelson meldete sich. »Ich wünsche mir ... ich wünsche mir ... also, ich wünsche mir ...« Aber ihm fiel nichts ein. Pech der Dummen.

Iskander erfüllte alle Wünsche. Jeder bekam, was er wollte – aber nicht wirklich. Alles nur Illusion! Hirngespinste!

»Betrug!« rief Franz. »Miese Tricks! Aufhören, sofort aufhören!«

»Jawohl, aufhören!« rief auch Fräulein Pimpernelle.

»Ah, wir haben einige Ungläubige unter uns!« krächzte Iskander und zeigte auf Franz und die Graue Maus. Alle Tiere wandten sich um und blickten die beiden an.

»Sie gönnen euch eure Wünsche nicht, die zwei dort!«

Die Blicke der Tiere veränderten sich seltsam.

»Also, das finde ich jetzt echt nicht okay, du!« sagte Gisbert zu Franz.

»Wünsche?« rief Franz. »Ha! Scharlatanerie! Iskander hat euch verhext!«

»Hört, hört!« rief Iskander. »Findet ihr auch, daß ich euch betrogen haben, liebe Freunde? Oder gar verhext?«

Alle schüttelten entschieden die Köpfe.

»Der angeblich so geniale Erfinder Franz Ratte behauptet das aber.« Iskander schlug einen gefährlich leisen Ton an. »Was haltet ihr von so einem Wohltäter, der euch nichts gönnt und der alles nur für sich behalten will?«

Nichts regte sich. Schweigen legte sich über den Lüchtenberg. In diese Stille quietschte es plötzlich: »Unge'euer!« Die Schachtelmaus.

»Schwindler!« ergänzte eine Krähe.

»Betrüger!« riefen die Katzen. »Angeber!« knurrten die Ratten. »Hochstapler!« kreischten die Tauben.

»Wacht auf!« rief Franz verzweifelt. »Ihr wißt ja nicht, was ihr sagt!«

»Hört ihr, wie er euch beleidigt?« schrie Iskander.

»Verschwinde!« rief da auf einmal ein Hase. Es war Anselm. »Verschwinde! Hau ab!«

Nun war alles zu spät.

»Franz Ratte, verschwinde!« schrien alle. Franz stand da wie versteinert. Das ihm! Ihm, Franz Ratte! Ihm, der den Tieren immer wieder geholfen, der sie einst alle vor den Kakerlaken gerettet hatte!

»Hörst du die Musik, Kleiner?« krächzte der Rabe.

»Franz Ratte, verschwinde!« brüllte es durch die Nacht, und Iskander schlug den Takt dazu.

Später am Abend saßen Franz und Fräulein Pimpernelle vor ihrer Höhle, hielten sich fest bei den Pfoten und schwiegen. Plötzlich rauschte es über ihren Köpfen. Sie blickten auf und sahen Iskander fortfliegen. Franz erriet Pimpernelles Gedanken.
»Der kommt wieder«, seufzte er.
»Wohin er wohl fliegt?« fragte die Graue Maus.
»Keinen Schimmer. Aber bestimmt heckt er etwas aus.«
Jetzt seufzte auch Fräulein Pimpernelle.
»Du, Pimper...«, druckste Franz herum. »Ich hab überlegt. Also, wo doch jetzt plötzlich alles schiefgeht und alle gegen mich sind...«
»Ja?«
»Also, vielleicht... vielleicht sollten wir dann... aus gesundheitlichen Gründen... ich meine, vielleicht sollten wir wirklich...«
»Niemals!« rief die Graue Maus. »Niemals! Der Lüchtenberg ist unsere Heimat. Ich lasse mich von einem dahergeflogenen Spinner und eingebildeten Hellseher nicht vertreiben! Wir bleiben! Du und ich!«
Sie war aufgesprungen. Vor Zorn und Aufregung flirrten ihre Nasenhaare, ihre Augen glühten, und ihre Pfoten ballten sich zu Fäusten. So hatte Franz sie noch nie erlebt. Wie zum ersten Mal sah er sie. Das war seine Graue Maus! Er fand sie zauberhaft schön.
»Äh, ja...«, räusperte er sich. »Klar, genau das wollte ich ja eben sagen. Wir bleiben!«
Und er drückte ihre Pfote noch fester. Ganz fest.

Hustens Entdeckung

An einem anderen Ort, nicht weit vom Lüchtenberg entfernt, geschah zu gleicher Zeit Bemerkenswertes.

Zu Füßen des Lüchtenbergs lag der kleine Ort Lüchtenwalde, und dort stand eine Fabrik, in deren Kellern verbotene Experimente durchgeführt wurden.

Tief unterhalb dieser Fabrik, noch unter allen Kellern, in einem schlecht beleuchteten Labor, herrschte ebenfalls nicht gerade Kirmesstimmung. Der Grund dafür war allerdings weit weniger schrecklich als das, was sich auf dem Lüchtenberg abspielte.

»Ich halte es nicht mehr aus!« klagte eine dicke Ratte. Ihre Stimme klang weinerlich. »Malewitsch!«

Eine magere, schneeweiße Laborratte mit roten Augen eilte herbei.

»Durchhalten, Herr Professor!« versuchte Malewitsch, seinem Chef beizustehen. »Es wird alles gut!«

»Blödsinn«, klagte die dicke Ratte, die mit »Professor« angeredet wurde, langte nach der kleinen Flasche, die in einer Tasche des uralten speckigen Kittels steckte, und genehmigte sich daraus einen ordentlichen Schluck. Sie rülpste herzhaft und schwebte bald darauf wie eine Feder über einer Heizung an die Decke des Labors.

»Das sollen Sie doch nicht tun!« jammerte Malewitsch.

»Ach ja?« rief Professor Husten, so hieß die Ratte, schlechtgelaunt von oben. »Und was, bitte, bleibt mir dann noch? Seit vier Wochen bin ich auf Diät – freiwillig, wohlgemerkt – und der Erfolg: nullkommanichts!«

»Nicht ganz«, verbesserte Malewitsch und blickte auf eine Liste, die er stets mit sich herumtrug. »Es sind ... warten Sie ... hm, nullkommadrei Gramm. Ja, ist das denn nichts?«

»Genau, nichts!«

»Das liegt nur an Ihrem verteufelten Hustensaft!« rief Malewitsch verletzt. Er mochte es nicht, wenn man seine geliebten Meßwerte herabsetzte.

»Blödsinn«, knurrte Husten und nahm noch einen Schluck. »Was ist schlecht an meinem Hustensaft? Beste Qualität! Prösterchen!« Und noch einen Schluck. Husten bekam bereits glasige Augen.

Malewitsch entfernte sich muffelnd und widmete sich wieder seiner Lieblingsbeschäftigung: Meßwerte sammeln und notieren. Entfernt hörte er den Professor mit brüchiger Stimme singen. Irgendwas vom Rhein und vom Wein und vom Lustigsein. Malewitsch fand das gar nicht komisch. Er fand eigentlich überhaupt nichts komisch.

Seit er auf Diät war, sprach Husten unmäßig seinem berüchtigten Hustensaft zu. Ein berauschendes Gebräu, das er vor einiger Zeit um einen kleinen Zusatz »verbessert« hatte. Der Zusatz bewirkte den Schwebeeffekt. Husten liebte es, leicht wie eine Wolke im Hustensaftrausch zu schweben.

Als er jedoch wieder leidlich nüchtern war, kehrte auch der Appetit zurück. Schlimmer als zuvor. Ein kleiner Spaziergang, dachte Husten, und ich bin taufrisch.

Hustens Spaziergänge waren zugleich Expeditionen, denn der Keller, unter dem sein Labor lag, war ein riesiges unerforschtes Labyrinth aus Gängen, Nischen, Höhlen, Hallen, Löchern und Tunneln. Es war so riesig, daß Husten unterwegs eine Karte zeichnen und Markierungen anbringen mußte, um sich nicht zu verlaufen.

»Bis gleich, Malewitsch!« rief er. »Schön auf die Meßwerte achten, hörst du?«

Malewitsch hörte zwar, war jedoch viel zu beleidigt, um zu antworten. Vergnügt sich wieder, der feine Herr Professor, und ich mache die ganze Arbeit, dachte er. Wie immer. Malewitsch hier, Malewitsch da, aber auf die Idee, mich zu einem Spaziergang einzuladen, kommt er nie. Typisch. Aber meine Meßwerte schlechtmachen. Überhaupt: Seit der Sache damals auf dem Müllberg ist er komisch. Spricht viel zu oft von dieser Grauen Maus. Und von Franz Ratte, diesem Laborspion! Ein Glück, daß man mit diesem Pack nichts mehr zu tun hat.

So dachte Malewitsch.

Seine Expedition hatte Husten in einen abgelegenen Teil des Kellerlabyrinths geführt. Er stapfte schon ein Weilchen durch feucht-muffige Gänge, als er das Geräusch hörte. Es gluckerte und blubberte träge durch die Gänge und Rohre. Husten beschleunigte seine Schritte, bis er um eine Biegung des Ganges kam und den Ursprung des seltsamen Geräuschs entdeckte. Und bei diesem Anblick erstarrte er vor Schreck. Ein dicker Kloß verklemmte seine Kehle, und der feiste Professor war zu keiner Regung mehr fähig. Vor ihm tropfte aus einem Rohr an der Decke ein zäher, gelblicher Schleim auf den Boden. Husten brauchte keine chemische Analyse, um zu erkennen, was da tropfte. Nur zu gut kannte er diesen Schleim: Glykolisofluortetranol. Chemische Bezeichnung: G.I.F.T.!

Schrecklicher noch als diese Entdeckung aber war der Verdacht, der nun in Husten aufkeimte und der mit einem anderen Geräusch zusammenhing, das sich in das Gluckern und Blubbern des Schleims mischte.

Es war ein Kratzen und Scharren, ein Rasseln und Knirschen wie von Tausenden kleinen Füßen. Oder Greifern? Husten bekam auf einmal solche Angst, daß er am liebsten Hals über Kopf zurückgelaufen wäre. Aber er mußte Gewißheit haben.

»Hirngespinste!« murmelte er halblaut. »Blöde Diät! Alles nur Einbildung!« Seinen Leibesumfang verfluchend, drückte er sich vorsichtig an der Stelle vorbei, wo der Schleim auf den Boden platschte. Er wollte auf keinen Fall auch nur mit dem kleinsten Spritzer in Berührung kommen, wußte er doch um die lebensgefährliche Wirkung.

Als er die Schleimpfütze passiert hatte, schlich er sich weiter durch die Gänge, immer genau auf die scharrenden Geräusche achtend, die mit jeder Wegbiegung deutlicher und lauter wurden. Und schließlich entdeckte er in einem alten Heizungskessel genau das, was er befürchtet hatte. Ja, was er sah, übertraf noch seine schlimmsten Befürchtungen.

»Es ist soweit!« kreischte eine wohlbekannte Stimme. »Ein Spähtrupp voraus zum Lüchtenberg! Bringt sie mir! Beide!«

Die Antwort war tausendfaches Hurra-Gebrüll.

Jetzt war es vorbei mit aller Vorsicht. Husten rannte zurück, so schnell er konnte. Er verlief sich, drückte sich schließlich keuchend ein zweites Mal an dem Schleimfleck vorbei und raste, so schnell seine Beinchen ihn trugen, zurück in sein Labor.

»Alarm!« brüllte er, daß es in den Regalen nur so schepperte. »Alarm!«

Malewitsch schlurfte heran.

»Durchhalten, Herr Professor«, sagte er ohne große Überzeugung. »Wird schon!«

»Blödsinn, Malewitsch!« bellte Husten. »Vergiß die Diät! Ich habe etwas Grausiges entdeckt!«

Jetzt geht's los, dachte Malewitsch. Von so etwas hatte er gehört. Sinnestäuschungen, Trugbilder, Fata Morganas – alles Nebenwirkungen bei extremen Diäten. Er hatte es schon befürchtet.

»Legen Sie sich mal hin, Herr Professor«, sagte er voller Mitleid.

»Hinlegen? Was? Wo dort die Ka ... die Kaker ... wo der ... wo ... wo ist der Hustensaft?«

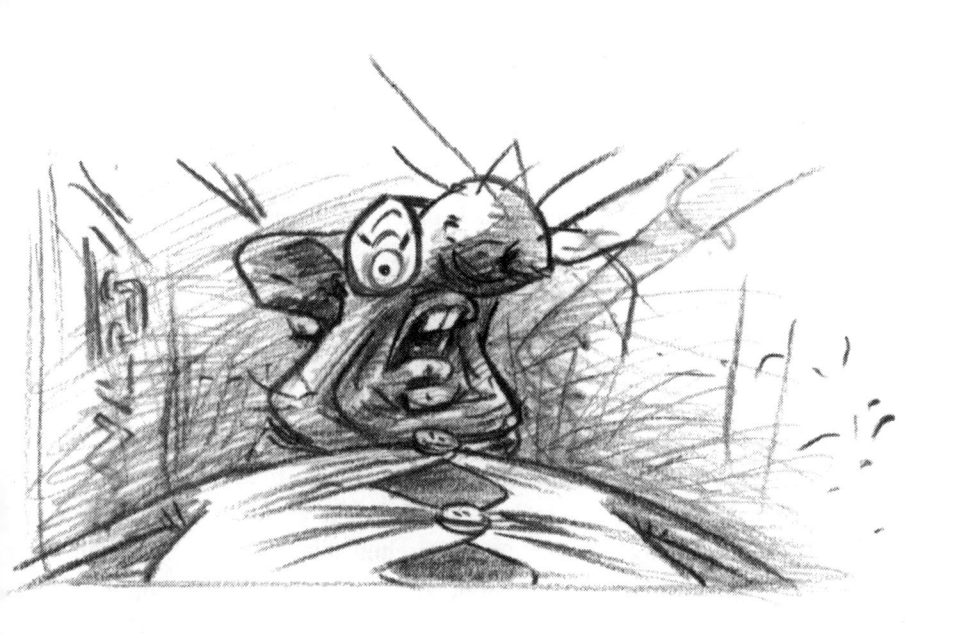

Husten durchwühlte mit zitternden Pfoten seine Regale, bis er eine volle Flasche fand, die er in einem Zug leerte.

Gefaßt, aber immer noch sehr wackelig auf den Beinen, holte er Stift und Papier und schrieb mit fahrigen Zügen etwas auf. Dabei murmelte er unablässig: »Furchtbar! Entsetzlich! Grauenhaft!«

Mußte ja so kommen, dachte Malewitsch. Jetzt ist er verrückt geworden. Aber total!

Die Flasche Hustensaft tat bereits ihre Wirkung. Husten klammerte sich an einen kleinen Tisch, um nicht wegzuschweben, faltete das Papier zusammen, kritzelte mit unsicheren Pfoten eine Adresse darauf und schob den Brief Malewitsch zu.

»Da! Bring ihn ... Franz! Fräulein Pimper ... la ... dings!« lallte er. »Gefahr ... die schnuckelige Honigmaus, die Knusperlaus ... Franzl, du altes Haus ... – Alarm! Alllll ...«

Hackevoll mit Hustensaft schnarchte Husten ein, ließ den Tisch los und schnellte wie ein Ballon dicht unter die Decke.

Malewitsch drehte den Brief in den Pfoten, als ob er aus schimmeligem Wurmkompott bestünde. Er war tatsächlich an Franz Ratte und Fräulein Pimpernelle adressiert. Franz Ratte war vor langer Zeit Hustens Schüler gewesen. Und vor noch gar nicht allzu langer Zeit hatten Franz und Fräulein Pimpernelle gehörige Unruhe in das unterirdische Labor gebracht. Malewitsch konnte Unruhe nicht leiden, und er konnte die beiden nicht leiden. Es gab überhaupt wenig, was er leiden konnte. Und nun wurde er auch noch mir nichts, dir nichts, ohne jede Erklärung zu Franz Ratte geschickt. Das war die Höhe!

»Unverschämtheit!« schimpfte Malewitsch. »Zählt meine Arbeit denn gar nichts mehr, oder was? Aber bitte...«, Malewitsch wischte sich eine Träne aus dem Auge, »wenn das so ist... Er denkt wohl, ich bin blöd, bin ich aber nicht! Malewitsch hat verstanden. Malewitsch geht! Adieu!«

Er war so aufgebracht, daß er gar nicht auf die Idee kam, den Brief zu öffnen und ihn zu lesen. Dabei war Malewitsch sonst die Neugier in Rattengestalt. Dennoch wollte er ein Zeichen seines würdigen Abgangs hinterlassen. Der magere Assistent zerknüllte den Brief ungelesen, schmetterte ihn mit einer bühnenreifen Geste zu Boden und verließ das Labor. So treu und ergeben er seinem Professor gedient hatte, so plötzlich und spurlos verschwand er, ohne den wichtigen Brief zu überbringen. Er blickte sich nicht einmal mehr um.

Schöne Freunde

Der Nordwest blies stramm an diesem Morgen und brachte graue Regenwolken. Franz stand vor seiner Höhle und blickte sich um.

»Frühsport?« überlegte er halblaut. »Hm, heute nicht. Nelson wird mir schon nicht böse sein.«

Der Müllberg lag da wie immer. Rattes Heimat. Er atmete die frische Morgenluft. Es roch nach altem Gummi, ranziger Milch, verfaultem Fisch, aufgeweichtem Holz und verbranntem Plastik. Herrlich würziger Duft! Rattes gute Laune stellte sich ein. Der Spuk ist vorbei, dachte er, gleich werden sie alle kommen, um sich zu entschuldigen. Naja, werde mich großzügig zeigen dieses Mal.

Anselm hoppelte ihm entgegen, allerdings allein, ohne seine Häsinnen. Er grübelte vor sich hin und war ganz in Gedanken versunken. Franz setzte eine strenge Miene auf und erwartete Anselms Kniefall. Aber Pustekuchen! Anselm ging an ihm vorbei, ohne ihn zu beachten.

»He, Moment mal!«

Anselm schreckte aus seinen Gedanken auf und erkannte Franz.

»Ja, bitte?« sagte er hochnäsig. »Was liegt an?«

»Na, deine Entschuldigung, mein Bester!«

»Ich höre wohl nicht recht!« näselte Anselm. »Wenn sich einer zu entschuldigen hat, dann ja wohl du. Schließlich hast du den Meister beleidigt.«

»Den Meister?«

»Den Großen Iskander! Ich komme eben von einer Audienz. Iskander hat mir eine große Zukunft vorausgesagt, wenn ich mich von alten Freunden trenne. Du verstehst ...«

»Wie bitte? Und du glaubst ihm?«

»Aber natürlich! Und jetzt entschuldige, ich muß zur Fellpflege. Schönheit kommt nicht von ungefähr. Daran solltest du auch einmal denken.« Damit ließ er den völlig verblüfften Franz stehen.

Die Schachtelmaus wackelte über den Müll. Sie hatte ihre Schachtel mit sonderbaren Zeichen und fremdartigen Schriftzügen bemalt und murmelte unablässig vor sich hin.

»Skorpion im vierten Haus ... Neptun und Uranus vereinigen sich mit Löwe ... bei Vollmond dreimal nach Osten wenden ...«

»Stop!« Franz stellte sich ihr in den Weg. »Ich muß mit dir reden.«

»Isch aber nischt mit Ihnen!« giftete die Maus.

»Und wenn ich, Franz Ratte, sage ... also, naja, daß es mir leid tut?«

»Zu spät, Monsieur Doktör«, sagte die Schachtelmaus. »Isch war eben bei dem Monsieur Iskander, dem Meister. Er 'at mir ein 'oroskop‹ gestellt und mir eine grand Zukunft vorausgesagt. Aber nur, wenn isch nie, nie mehr mit Ihnen rede. Bonjour.«

Die Schachtel setzte sich wieder in Bewegung und ließ Franz einfach stehen.

Ein Luftzug streifte ihn.

»Schöner Tag, nicht wahr?« Iskander stand dicht hinter ihm.

»Jetzt nicht mehr«, versetzte Franz.

Iskander lachte heiser.

»Sehr komisch. Gebe dir einen guten Rat, Ratte: Verschwinde – bevor es zu spät ist. Ich dulde keine Ungläubigen in meiner Nähe. Folge mir oder verschwinde. Aber stell dich nicht gegen mich, sonst sieht deine Zukunft düster aus. Sehr düster! Sozusagen rabenschwarz.« Er lachte. »Du verstehst schon.«

»Niemals!« schrie Franz. »Ich, Franz Ratte, werde niemals von hier fortgehen!«

»Meine es nur gut mit dir«, krächzte Iskander. »Du bist gewarnt!« Unter heiserem Lachen flatterte er wieder auf und flog schnell davon.

In der folgenden Nacht baute Franz weiter an dem ORUSEBO, dem Original-Rattes-Unter-See-Boot. Er wollte es allen beweisen. Er würde sich weder vertreiben noch einschüchtern lassen! Im Gegenteil – er würde Mut zeigen. Rattenmut!

Das ORUSEBO stand kurz vor seiner Fertigstellung. Die »Aktion Tauchstation«, wie Ratte seinen Plan taufte, mußte unter strengster Geheimhaltung verlaufen. Iskander durfte nichts davon erfahren. Franz fürchtete Sabotage. Gisbert war auf absolutes Stillschweigen eingeschworen worden. Er hatte sich zwar zunächst gesträubt, aber das Wort »Familienehre« hatte schließlich gewirkt.

Alles, was Franz zur Konstruktion seiner Erfindung brauchte, hatte er auf dem Müllberg gefunden: alte Konservendosen, Schläuche in allen Dicken und Längen, einen durchsichtigen Plastikbecher (als Ausguckskanzel), rostige Drähte, kurze Rohre, Kabel – was man eben für gewöhnlich zum Bau eines U-Boots braucht.

Franz schuftete Tag und Nacht. Die Graue Maus versorgte ihn mit Speckkanten, Schokolade, Schimmelkäse und altem Bier und verfolgte mit bedrückter Miene die Fortschritte, die das ORUSEBO machte.

»Muß es wirklich sein?« fragte sie zum wiederholten Mal.

»Geh mir nicht auf den Nerv, Pimper!« stöhnte Franz. »Siehst doch, daß ich beschäftigt bin. Natürlich muß es sein. Wollte den See sowieso längst erforschen, um ein für alle Mal mit diesen Gerüchten Schluß zu machen.«

»Gerichte?« rief Gisbert und kam aus der Speisehöhle gerannt. »Leckere Gerichte?«

»Gerüchte! Ich meine diese lächerlichen Gerüchte von irgendwelchen ...«

»Seeungeheuern!« hauchte Fräulein Pimpernelle ängstlich. »Monstern! Oh nein, Franz, das erlaube ich nicht. Du wirst nicht tauchen und dich von Monstern fressen lassen, weder im Lüchtensee noch sonstwo!«

»Kein Aber, Pimper! Die Wissenschaft ruft! Ich, Franz Ratte, der größte Unterseeforscher aller Zeiten, werde ein Zeichen für die Größe und den Mut der Ratte setzen. Wie sagt ein altes Rattensprichwort: Die Ratte ist Mut auf vier Beinen!«

»Du, ich dachte, es heißt: Hunger auf vier Beinen«, sagte Gisbert und würgte ein Riesenstück Speck hinunter.

»Wer fragt dich denn, du sprechende Preßwurst?« fuhr ihn Franz an.

»Absolut lebensmüde!« rief Fräulein Pimpernelle.

»Quatsch, Pimper!« rief Franz ungehalten. »Ungeheuer gibt's nicht. Und damit basta, Ende der Diskussion, ich habe recht, danke, gern geschehen, auf Wiedersehen!«

»Und warum blubbert es immer so unheimlich aus dem See?« setzte Fräulein Pimpernelle nach.

»Du, das waren bestimmt reinigende Astralströme aus unendlich tiefen kosmischen Universal-Energien«, sagte Gisbert überzeugt.

»Quatsch!« sagte Ratte. »Dafür gibt's eine ganz absolut logische, vernünftige und wissenschaftliche Erklärung.«

Fräulein Pimpernelle und Gisbert blickten Franz erwartungsvoll an.

»Und die wäre?« fragte Fräulein Pimpernelle.

Franz zuckte mit den Achseln. »Ein Wunder!«

»Wie bitte? Du glaubst an Wunder?«

»Nicht die Bohne«, meinte Ratte. »Aber geben tut es sie trotzdem. Ungeheuer dagegen sind bloß spinnerte Ideen leichtgläubiger Mäuse.«

Fräulein Pimpernelle seufzte. Sie sah ein, daß man einen Sturkopf wie Franz nicht davon abhalten konnte, in einen See zu tauchen, wenn er es sich in den Betonschädel gesetzt hatte. Aber sie zitterte vor Angst bei dem Gedanken an das, was da in der Tiefe lauern mochte.

Auf Tauchstation

Auf einem selbstgebauten Karren zogen Franz und Fräulein Pimpernelle das ORUSEBO über den Müll zum See. Es sah phantastisch aus, ein Meisterwerk der Mülltechnik.

Den Rumpf bildete eine alte, dicke Konservendose (Brechbohnen extra zart), an die Franz zwei Limonadenbüchsen als Fluttanks gelötet hatte. Aus dem Rumpf und aus den Tanks führten endlos lange Schläuche zu einer Handpumpe (eine alte Erfindung von Franz), die für die Atemluft und die Druckluft zum Tauchen sorgte. Wenn die Tanks ganz mit Wasser geflutet waren, war das U-Boot gerade so schwer, daß es langsam tiefer sank. Pumpte man Druckluft in die Tanks, wurde das Boot so leicht, daß es wie ein Ballon nach oben schoß. Das jedenfalls sagten Rattes Berechnungen voraus. Er hoffte inständig, daß sie stimmten.

Oben aus dem Rumpf ragte unübersehbar der durchsichtige, aufklappbare Plastikbecher. Er war Ausguck und Einstieg zugleich. Franz hatte alles sorgfältig mit Gummischläuchen abgedichtet.

Angetrieben wurde das U-Boot von einem kleinen Propeller, der über eine Tretkurbel im Innern des Bootes bewegt wurde. Zur Steuerung gab es ein Seiten- und ein Tiefenruder, die Franz aus alten Telefonkarten gebaut hatte.

Das Boot war knallgelb angemalt – das hatte Franz einmal in einer von Fräulein Pimpernelles Zeitschriften gesehen. Außerdem wirkte Gelb sehr wissenschaftlich und gefährlich. Ideale Farbe also!

Schweigend zerrten Franz und Fräulein Pimpernelle das ORUSEBO, dessen Bug mit einem Tuch verhängt war, zum See.

Nach und nach hatte sich die Nachricht von ihrem unvermittelten Erscheinen auf dem Müll herumgesprochen. Immer mehr Tiere säumten neugierig Rattes Weg.

»Bleib bei der Pumpe!« schärfte Franz der Grauen Maus ein, während er das Boot zu Wasser ließ und ein letztes Mal kontrollierte. Er hatte das ORUSEBO randvoll mit Vorräten und selbstgebrauten Medikamenten (»Für alle Fälle, Pimper!«) beladen. In seiner Kitteltasche befand sich außerdem eine kleine Zeichnung, die er vor einiger Zeit heimlich angefertigt hatte und die er sorgsam verwahrte. Es war nicht etwa eine technische Zeichnung oder eine Karte, nein, die Zeichnung zeigte das kunstvolle Porträt einer Maus. Einer ganz bestimmten Maus.

»Ach, Franz«, flehte Fräulein Pimpernelle ein letztes Mal. »Muß das sein? Kannst du nicht nicht tauchen und bei mir bleiben?«

»Fang nicht wieder damit an, Pimper, ausgeschlossen. Aus wissenschaftlichen Gründen und aus ... äh ...«

»... blöder Angeberei!« schluchzte die Graue Maus und rannte weg. Ein Raunen ging durch die versammelte Menge. Es wurde getuschelt.

»Taufe ich das Boot eben selbst«, brummte Franz mürrisch. Doch Boote dürfen nur von weiblicher Hand oder Pfote getauft werden! Alles andere bringt Unglück.

»Also, ORUSEBO«, rief Franz, »ich, Franz Ratte, taufe dich, meine geniale Erfindung, auf den Namen ...« Er riß das Tuch vom Bug. Deutlich prangte der Name in fetten Buchstaben auf beiden Bugseiten.

»Ah!« riefen die Tiere und »Oh!«

»Pimper 1! Ich wünsche dir allzeit gute Fahrt und ... äh ... naja, daß du hoffentlich dicht bist und auch wieder auftauchst und daß die Luke nicht klemmt und daß ich alles richtig gemacht habe und so weiter und alles, was noch wichtig ist und mir jetzt blöderweise nicht einfällt!«

Eine seltsame Schiffstaufe. Unter den Augen der schweigenden Menge bestieg Franz sein U-Boot. Er blickte sich um. Wo war Iskander? Ein ungutes Gefühl beschlich ihn, er zögerte einen Augenblick. Vielleicht hatte die Graue Maus recht? Vielleicht sollte er wirklich ...?

»Ach was, Unsinn!« überzeugte sich Franz laut.

Er wollte schon die Luke schließen, als Fräulein Pimpernelle atemlos angerannt kam. In einer Pfote hielt sie ein kleines Vergißmeinnicht. Etwas höchst Seltenes auf dem Müll.

»Hier, zum Abschied«, sagte sie und drückte Franz den Stengel in die Pfote.

»Blau«, sagte Franz verlegen und sah in eine andere Richtung. »Naja, nicht gerade meine Lieblingsfarbe. Grau mag ich lieber, also Braungrau, so ein rattiges Graubraungrau!«

»Blödmann!« sagte Fräulein Pimpernelle heiser. Sie umarmte Franz und drückte ihm einen innigen Kuß auf die Schnauze.

Franz konnte nicht antworten. Er hatte einen dicken Kloß im Hals.

»Jetzt mußt du pumpen!« war das einzige, was er herausbrachte.

Dann schloß er die Luke, flutete die Tauchtanks, und gemütlich blubbernd verschwand die PIMPER 1 im See.

Ratte selbst war weniger gemütlich zumute. Hier drinnen im Boot klang das Geräusch des Wassers, das in die Fluttanks gurgelte, wie hämisches Lachen, wie tausendfaches Flüstern von Stimmen, die unheimliche Komplotte schmiedeten. Vertrauensvoll zischte nur das Atemluftventil, durch das frische Luft ins Boot strömte.

Das schwarze Seewasser schloß sich über der Plastikbecherhaube, und damit verschluckte der See die PIMPER 1. Es wurde Nacht. Nichts war mehr zu erkennen. Und die PIMPER 1 sank und sank. Tiefer und tiefer. Eine leichte Unterwasserströmung schaukelte sie hin und her und scharrte an der Außenseite. Oder – war das etwas anderes?

Ratte trat die Tretkurbel und steuerte in eine unbestimmte Richtung. Dabei sang er sich mit selbstgedichteten Seerattenliedern (»Fünfzehn Ratten auf 'nem sinkenden Schiff – ho-hei-ho, und 'ne Kante Speck!«) Mut an. Nach und nach aber wurde seine Stimme leiser und verstummte schließlich. Franz zitterte. Vor Angst und vor Kälte, denn je tiefer die PIMPER 1 sank, desto kühler wurde es. So eisig, daß Rattes warmer Atem zu Schneeflocken gefror.

Er drehte nachdenklich das Vergißmeinnicht in den Pfoten und dachte an Fräulein Pimpernelle. Sehr behutsam steckte er die Blume in seine Kitteltasche und zog sein Notizbuch hervor.

Seite 60: »Deutliche Anzeichen für Erfrierungen dritten Grades. Der See ist wie erwartet leer«, notierte er. Und nach einem besorgten Rundumblick weiter: »Boot zum Glück dicht, geniale Konstruktion.«

Ratten machen keine Fehler, dachte Franz selbstzufrieden. Noch ein bißchen, dann tauche ich wieder auf.

Und in diesem Moment bemerkte er es!

Irgend etwas stimmte nicht. Aber was? Die Tretkurbel quietschte, er hörte sich keuchen, draußen gurgelte der Propeller – aber irgend etwas fehlte. Was ist es? fragte er sich. Was? Dann begriff er – er hörte das Frischluftventil nicht. Es zischte nicht mehr!

Ratte fummelte hektisch an dem lebenswichtigen Teil herum, aber kein Zweifel: Das Ventil war tot, nicht der zarteste Hauch eines Luftzuges strömte heraus.

Die Pumpe! durchfuhr es Franz. Pimper! Iskander!

Er versuchte, die Tauchtanks zu lüften, damit das ORUSEBO auftauchte, aber auch hier Fehlanzeige. Das Boot war von der Luftversorgung abgeschnitten! Und es sank und sank. Franz kämpfte die Panik herunter, die wie Spinnen an ihm hochkroch. Nur die Ruhe, dachte er, nicht aufregen, ganz ruhig, Franz, durchatmen, ganz locker, denk an etwas Schönes, entspanne dich, sei vernünftig, tu genau das, was jedes vernünftige Wesen in deiner Situation tun würde!

Und das tat er dann auch: Er bekam einen Panikanfall!

»Hiiiiiilfe!«

Aber niemand hörte ihn. Und wenn, wer hätte ihm helfen können? Franz sank mit seinem Boot immer tiefer, es wurde noch kälter, und er japste gierig nach Luft. Das Ende, dachte Franz. Er stellte sich das Gesicht der Grauen Maus vor, wenn er nicht mehr auftauchen würde. Ihm wurde schwindelig und übel. Alles drehte sich vor seinen Augen.

Kurz bevor er das Bewußtsein verlor, als er glaubte, daß alles gleich vorbei sein würde, stoppte das Boot mit einem Ruck. Er hatte den Grund des Lüchtensees erreicht.

Abführen!

Professor Husten machte sich große Sorgen. Seit seiner grauenhaften Entdeckung und seit Malewitschs Verschwinden hatte er sich nicht mehr aus seinem Labor getraut. Zwar hatte er den zerknüllten Brief gefunden, hatte aber angenommen, Malewitsch hätte aus Sicherheitsgründen den Text auswendig gelernt, damit man ihn nicht damit erwischen konnte. Clever, der Bursche, dachte Husten, hätte ich ihm nie zugetraut.

Malewitsch war nun aber schon so lange weg, daß der dicken Ratte langsam mulmig wurde. Warum kam Malewitsch nicht zurück? Die Zeit drängte. Warum kam keine Nachricht von Franz? Immer mit den gleichen Gedanken, den gleichen Fragen im Kopf wanderte Husten in seinem Labor auf und ab. Er war so besorgt, daß er sogar vergaß, von seinem Hustensaft zu trinken.

Nachdem er Tage so auf und ab gewandert war, rang sich Husten zu einem Entschluß durch.

Er packte ein paar Vorräte in seine Tasche, füllte eine Flasche mit Hustensaft ab und machte sich auf den Weg zum Lüchtenberg. Für alle Fälle jedoch hinterließ er noch eine Nachricht für Malewitsch.

Der Weg zum Lüchtenberg war weit. Sehr weit für eine Ratte mit kurzen Beinen. Aber trainiert durch seine »diätischen Expeditionen«, war der dicke Professor gut zu Fuß. Und wenn der Wind mitspielte, konnte er, dank des Hustensafts, sogar den Lüchtenberg hinaufschweben.

Husten rechnete damit, Franz schon am nächsten Tag zu treffen. Wie hätte er gestaunt, wenn man ihm verraten hätte, daß sich Franz just in diesem Augenblick aber ganz in seiner Nähe befand, dicht unter seinem

Labor, wo geheimnisvolle, nie erforschte Kanäle aus allen Richtungen zusammenflossen.

Aber wer hätte Husten das schon verraten sollen? Niemand verriet ihm schließlich auch, daß zur gleichen Zeit sein ehemaliger Laborassistent eine Ratte traf, die ihn an einen Ort führte, der nur einigen auserwählten Ratten auf der Welt bekannt ist. An diesem Ort, an dem Rattenlegenden wahr werden, blieb der ehemalige Laborassistent, weil man ihn nicht mehr fortließ. Wer den alten Käse hat, braucht für den Schimmel nicht zu sorgen – altes Rattensprichwort. Und das galt nicht nur für Malewitsch.

Am Lüchtensee herrschte Stille. Grabesstille. Ein Schweigen, das keinen Laut duldete, kein Husten, kein Räuspern oder gar Lachen. Alles blickte gebannt auf das Wasser, das sich wie endgültig über Rattes Unterseeboot geschlossen hatte.

Das einzige Geräusch kam von der Pumpe, an der sich Fräulein Pimpernelle schwitzend abmühte. Nur hin und wieder hielt sie kurz inne und warf einen sorgenvollen Blick über den See. Tauch auf! flehte sie inbrünstig, tauch doch auf! Aber nichts geschah. Langsam zerstreuten sich die sensationshungrigen Zuschauer. Die Graue Maus pumpte und pumpte und hoffte mit der ganzen Kraft ihres großen Herzens, Franz möge auftauchen.

Ein kratzendes, scharrendes Geräusch ließ sie zusammenfahren.

Fräulein Pimpernelle drehte sich um, und im gleichen Augenblick traf sie der größte Schreck ihres Mäuselebens.

Kakerlaken! Hunderte von Kakerlaken standen vor ihr. Und hinter ihnen Iskander. Die schwarzen Schaben scharrten mit ihren scharfen Greifern. Ehe die Graue Maus noch einen Ton herausbrachte, war sie schon umringt von einem schwarzen Gewimmel, das sie von der Pumpe riß, überall an ihr hochkletterte und sie zu Boden warf. Die Graue Maus schlug um sich, tobte, biß, trampelte, kämpfte wie eine verwundete Katze, aber gegen die Übermacht von Kakerlaken war sie ohne Chance.

»Abführen!« brüllte der Anführer des Trupps. »Im Namen des Präsidenten.«

»Klug gesprochen!« schmeichelte Iskander den Kakerlaken. »Meine Empfehlung an den Präsidenten!«

Und dann tat er vor den Augen der Grauen Maus etwas Entsetzliches. Mit seinem messerscharfen Schnabel zerbiß er die Luftschläuche.

»Franz!« schrie Fräulein Pimpernelle, während sie von den Kakerlaken weggetragen wurde.

»Franz! Franz! Franz!«

Brust oder Keule?

»Hab ich's nicht gesagt, daß da was drin ist? Hab ich's gesagt oder nicht?« frohlockte eine Stimme.

»Ja, hast du«, brummte eine zweite Stimme.

»Jaja, du hast es gesagt«, sagte eine dritte.

»Und wer wollte es mir nicht glauben, wer hat mal wieder unrecht?« triumphierte die erste Stimme.

»Na, wir«, sagte die zweite Stimme widerstrebend.

»Ja, wir«, bestätigte die dritte Stimme.

»Wie immer!« stellte die erste voller Genugtuung fest.

»Können wir jetzt die Zubereitungsfrage klären?« fragte die dritte Stimme.

Was war das? Um ihn herum schwärzeste Nacht. Franz konnte nichts sehen, aber wie aus der Ferne drangen diese Stimmen zu ihm.

Bin ich jetzt tot oder nicht? wunderte er sich.

»Schaut mal, es bewegt sich!« rief die dritte Stimme.

Meinen die mich? fragte sich Franz.

»Habt ihr schon mal so etwas Häßliches gesehen?«

»Ja, richtig ekelhaft!«

Nein, die meinten jemand anderen. Aber von wem oder was war hier die Rede? Überhaupt, warum sah er nichts? Er überlegte angestrengt, woran das liegen mochte, bis es ihm einfiel: Er hatte die Augen geschlossen! Wenn er wirklich nicht tot war, fand Ratte, konnte er genausogut auch die Augen wieder öffnen. Franz machte also die Augen auf. Aber nur, um sie vor Schreck gleich darauf wieder zu schließen.

Ich bin doch tot! dachte er. Oder schlimmer!

»Es hat geblinzelt! Ich hab's genau gesehen!« rief die dritte Stimme aufgeregt.

Franz hatte gesehen, zu wem diese Stimme gehörte. Es war ein bräunlicher Klumpen mit einer Öffnung und einigen Tentakeln, die anmutig nach allen Seiten wurmten. Der unförmige, stachelige Klumpen schwamm auf einem dicken, grün-glänzenden Schleimpolster. Alles in allem sah das Ding aus wie ein vergammeltes Spiegelei mit Fühlern.

»Es lebt!« Das Spiegeleiwesen rutschte auf seinem Schleimpolster hin und her und hinterließ eine wässrige Spur.

»Um so besser, dann ist es wenigstens frisch«, erwiderte die zweite Stimme. Sie gehörte einem faltigen, blättrigen Ballon, der aussah, als hätte man ihm die Luft abgelassen. Er bewegte sich auf zwei breiten Patschfüßen vorwärts. Sein schlaffer, beutelartiger und stellenweise behaarter Körper bestand zur Hälfte aus einem Maul mit einer makellosen Reihe kleiner, sehr scharfer Reißzähne.

Wenn ich schon tot bin, warum will man mich dann fressen? überlegte Franz. Hier lag logischerweise ein Mißverständnis vor, das nach Aufklärung schrie. Franz nahm seinen ganzen Mut zusammen und öffnete ein zweites Mal die Augen. Jetzt erkannte er, daß er sich in einer großen unterirdischen Höhle eines Sees befand. In der Nähe lag die PIMPER 1 im Wasser. Die Höhle war riesig, sie bildete eine gewaltige Kuppel, die das Echo der Stimmen hallend zurückwarf. Von der Decke tropfte Wasser. Die ganze Höhle hallte wider von Gluckern, Blubbern und Tropfen.

Werde mich todsicher erkälten, dachte Franz. Zwei der unheimlichen Wesen standen jetzt nah vor ihm. Franz würgte den Ekel herunter.

»Wo bin ich?« brachte er tapfer heraus.

»Es kann sprechen!« schrie das Spiegelei.

»Werd bloß nicht zimperlich!« mahnte die erste Stimme. Hinter Franz. Ratte drehte sich um. Als er dieses – Ding – sah, hätte er am liebsten die Augen gleich wieder geschlossen. Hinter ihm stand der Rüssel! Das heißt, nur ein kleiner Teil von ihm, denn der weitaus größte Rest steckte noch im Wasser. Er war schuppig und faltig wie ein hundertfach geflickter Schlauch, dazu auf der ganzen Länge bemoost und behaart. An seinem Ende klaffte ein schlabberiges Saugmaul mit faserigen Lippen, die beim Sprechen feucht schmatzend aufeinanderklatschten und einen Sprühnebel von Speicheltröpfchen um sich verbreiteten. Wenn er einatmete, verspürte Franz jedesmal einen kräftigen Sog. Es war genau der Rüssel, um den sich so viele Gruselgeschichten auf dem Lüchtenberg rankten. Franz hatte nie geglaubt, daß es ihn wirklich gab. Jetzt stand er vor ihm.

Spiegelei, Ballonmaul und Rüssel blickten auf ihn herab wie Köche auf ihre Zutaten. Fleischbeschau.

»Wo bin ich?« wiederholte Franz mit kratziger Stimme.

»Haha, er weiß nicht, wo er ist!« lachte der schrumpelige Ballon. »Hört euch das an!«

»Haha!« echote das Spiegelei.

»Also, hör mal«, schmatzte der Rüssel. »Du bist hier in ... also, äh ... sag du es ihm!« Der Rüssel wandte sich an den Ballon.

»Tja, wir ...«, setzte der Ballon an, »äh, wir sind in ... tja, ich weiß auch nicht, wo wir sind!«

Hoffnungsvoll blickten sie auf das Spiegeleiwesen.

»Was schaut ihr mich so an?« wehrte es ab. »Woher soll ich das wissen? Ich habe nie darüber nachgedacht.«

»Typisch!« sagte der Rüssel tadelnd.

Das ist der blödeste Traum, den ich je gehabt habe, dachte Franz und kniff sich in den Arm, um aufzuwachen. Aber alles blieb, wie es war.

»Also hört mal, ihr Trostpreise«, sagte er, schon mutiger. »Wer oder was seid ihr überhaupt?«

»Tja ...«, setzte der Rüssel an. »Es ist uns peinlich ...«

»Sehr peinlich!« verbesserte das Spiegelei.

»Wir sind nämlich ...«, druckste der Ballon.

»Los, raus mit der Sprache!« forderte Franz.

»Also, wir sind ...«

»... Fehlkonstruktionen!« sagte das Spiegelei verlegen. Die beiden anderen nickten betreten. Soweit man das bei ihren Körperformen Nikken nennen konnte. Sie wabbelten hin und her.

»Mutanten«, erklärte der Rüssel. »Künstliche Wesen. Aber leider mit Fehlern. Ich, zum Beispiel«, räusperte er sich, »bin KA-21. Kloaken-Absauger 21. Ein lebender Abflußreiniger. Leider bekomme ich furchtbare Platzangst in engen Rohren.«

»AV-36«, stellte sich der Ballon vor. »Aufblasbarer-Ventilationsbeißer-36. Ein schwebendes Putzwesen, um Luftschächte frei zu halten. Ziemlich überflüssig. Eine totale Fehlkonstruktion! Zu nichts zu gebrauchen.« Seine Stimme wurde seltsam heiser.

»Und ich bin LS-4«, sagte das Spiegelei. »Langsamer Säureschleimer 4. Mein Schleimpolster scheidet eine rostlösende Säure aus. Sehr praktisch. Leider muß man mich dazu erst beleidigen. Und das halte ... halte ich nicht aus ...« Der glänzende Schleim zerfloß beinahe.

Heulende Mutanten! Hatte man sowas schon erlebt?

»Aber warum seid ihr hier?« fragte Franz.

»Sie haben uns weggeworfen«, sagte der Rüssel.

»Auf den Müll«, ergänzte LS-4.

»Nicht wiederverwertbar«, erklärte AV-36.

Franz stöhnte. Ausgemusterte Mutantenmonster mit Konstruktionsfehlern! Es war an der Zeit, die drei Sonderlinge schleunigst zu verlassen. Aus gesundheitlichen Gründen.

»Also, Herrschaften, verbindlichsten Dank für die Rettung und die gesellige Runde! Ich, äh ... muß dann.« Franz zeigte nach oben. »Nach Hause, ihr versteht. Empfehle mich!«

Damit wollte er sich unauffällig verflüchtigen, aber der Rüssel hielt ihn wie beiläufig fest und kam wieder auf das leidige alte Gesprächsthema zurück.

»Eine Suppe«, schlürfte er und tastete Franz fachmännisch ab. »Er wäre gut für eine Suppe.«

»Auf keinen Fall!« schrie Franz.

AV-36 nickte Franz zu. »Gekocht verliert er doch sein Aroma!«

»Eben!« rief Franz erleichtert.

»Auf beiden Seiten kurz anbraten, sage ich!« fuhr AV-36 fort. »Das ist wirklich was für Feinschmecker!«

»Von wegen!« schrie Ratte.

»Ja, von wegen!« rief der Langsame Säureschleimer. »Roh und in dünnen Scheiben sind sie am besten! Nur so!«

Franz wand sich verzweifelt. Doch der Rüssel hielt ihn mühelos fest umschlungen. »Teilen wir ihn eben durch drei«, sagte er.

»Klug gesprochen!« sagte der Ballon beifällig.

»Sehr weise«, sagte der ätzende Schleimer.

»Brust oder Keule?« fragte der Rüssel und drehte Franz zurecht. Dabei rutschte das Porträt der Grauen Maus aus Rattes Kitteltasche und fiel zu Boden.

»Hoppla, was ist denn das?« rief LS-4 und fischte es, ehe Franz noch »Finger weg!« rufen konnte, mit einem seiner Tentakel auf. Sofort kamen die anderen beiden näher und betrachteten das Bild.

»Ist das schön!« preßte der Rüssel hervor.

»So ... so schön!« stammelte der Ventilationsbeißer.

»Wunderschön!« hauchte das Schleimwesen verzaubert.

Die drei konnten den Blick nicht von dem Bild abwenden.

»Was ist es?« fragte der Rüssel, ohne Franz loszulassen.

»Eine Maus«, erklärte Franz.

»Aha, eine Maus«, nickte der Rüssel, der noch nie eine Maus gesehen hatte, und ließ sich das Wort auf der Zunge zergehen. »Maus, Maus, Maus!«

»Klar, eine Maus«, sagte AV-36, als sei dies die größte Selbstverständlichkeit, verstand aber nur Mülltüte.

»Aber ... was ist eine ›Maus‹?« faßte sich LS-4 ein Herz.

»Jetzt reicht's!« schimpfte Franz. »Franz Ratte läßt sich fressen, aber er läßt sich nicht auf den Arm nehmen. Eine Maus ist sowas ähnliches wie ich. Sieht man doch!«

Die drei schüttelten entschieden alles, was es an ihnen zu schütteln gab.

»Oh, nein!« widersprach LS-4. »Dieses Wesen auf dem Bild ist wunderschön. Du dagegen bist ...« Das Wesen suchte nach dem passenden Wort.

»Wir wollen dich nicht beleidigen«, half ihm AV-36.

»Keinesfalls!« beteuerte der Rüssel. »Es ist nur so, du bist ...«

»... eben häßlich!« sagte der Säureschleimer.

»Wie bitte?« Franz schnappte nach Luft. »Also das ... das hat mir noch keiner gesagt. Bei aller Bescheidenheit: Ich, Franz Ratte, bin die schönste Ratte vom Lüchtenberg! Dafür gibt es Beweise!«

»Tut uns aufrichtig leid«, sagte der Rüssel.

»Aber was wahr ist, muß wahr bleiben!« ergänzte der Ballon.

»Auf die kleinen Unterschiede kommt es eben an!« erklärte LS-4.

»Und gleich ist es ganz was anderes!« sagte der Rüssel. Die beiden anderen nickten. Mutantenlogik.

»Fehlkonstruktionen – aber total!« brummte Ratte, worauf der Säureschleimer gleich beleidigt etwas Säure ausschied.

»Aber nun erzähl doch!« drängte der Ballon.

»Was denn?«

»Na, von dem ... von der ... der ...«

»... Maus«, half Franz weiter. Dreifaches Nicken.

»Erzähl auch von oben!« verlangte der Rüssel. »Wir wollen alles wissen.«

Franz seufzte und tat, was die Mutanten wünschten. Er erzählte vom Lüchtenberg, von Fräulein Pimpernelle, vom Herbstwind, von seinen Erfindungen, seinen Abenteuern, seinen Krankheiten und wieder von Fräulein Pimpernelle. Ihr Bild stand klar vor seinen Augen. Ein wunderschöner Anblick.

»Mehr!« verlangte der Rüssel, als Franz eine kleine Pause machte.
»Ach, wenn wir nur einmal nach oben dürften! Was für Wunder würden uns erwarten!«

»Die Maus!« seufzte LS-4.

»Wong-domtom!« schwärmte AV-36. Der Herbstwind hatte es ihm angetan.

»Gibt's denn keinen Weg nach oben?« fragte Franz erschrocken.

»Doch, gibt es«, sagte LS-4.

Franz atmete auf. »Na, also! Warum taucht ihr dann nicht auf?«

»Verboten«, erklärte AV-36.

»Blödsinn! Wer verbietet sowas?«

»SIE!«

Franz wurde neugierig. »Sie?«

Aber wer SIE auch waren, SIE waren offenbar so furchtbar, daß die Mutanten sich weigerten, weiter darüber zu sprechen. Die drei hatten eine Heidenangst.

Nach und nach erfuhr Franz wenigstens etwas über ihre rätselhafte Herkunft. Aus den verworrenen Erzählungen reimte er sich zusammen, daß sie aus einer Art großem Labor stammten, wo SIE künstliche Wesen wie Maschinen konstruierten.

Ganz umgänglich, dachte Franz, wenn sie nur nicht so häßlich wären.

Ganz nett, dachten die Mutanten, wenn er bloß nicht so häßlich wäre.«

So kam man sich näher. Rattes wissenschaftliches Interesse erwachte sogar langsam wieder.

»Was freßt ihr denn so?«

»Ach, alles mögliche«, erklärte der Rüssel. »Gummireifen, Plastikfolien, Glasflaschen, faulige Pappe, Konservendosen ...«

»Was eben so kommt«, sagte der Ballon und grinste Franz breit mit seinen Reißzähnen an.

»Verstehe«, ächzte Ratte. Eine peinliche Pause entstand. Niemand sagte ein Wort.

Jetzt fangen sie gleich wieder von ›Rattensuppe‹ oder ›kurz angebraten‹ an, fürchtete Franz.

»Wir müssen sie sehen!« rief der Rüssel jedoch.
»Wie? Was? Wen?« Franz verstand nicht.
»Die Maus!« sagte der Rüssel.
»Das Zauberwesen!« hauchte LS-4.
»Ich sterbe, wenn ich sie nicht sehe!« rief AV-36.
»Wir müssen nach oben!« entschied der Rüssel. »Gegen das Verbot!«

Macht
(Aus Iskanders Tagebuch)

Lüchtenberg, im Jahr des Raben

An die Nachwelt!

Der Lüchtenberg gehört mir! Mir allein! Die blöde Ratte ist abgesoffen, die dämliche Maus haben die Kakerlaken geholt. Jetzt habe ich die Macht! Ich ganz allein. Mir gehört der Müll. Mehr noch: der Müll bin ich!

Macht – was für ein Wort! Macht, Macht, Mmmmmmmacht! Ich liebe es. Ja, ich liebe es. Ich habe es schon immer geliebt, schon damals, als ich noch bei Ginsburg lebte. Auch der gehörte mir. Er war mein Knecht. Ich brauchte nur zu krächzen, und schon gab er mir zu fressen. Prima abgerichtet. Hahaha!

Aber ich wollte mehr. Und eines Tages kam der Augenblick, die Stunde Null, der Tag X. Ich habe gleich gewußt, daß diese Pflanze auf Ginsburgs Tisch etwas Besonderes war. Genau so besonders wie ich, ich, Iskander der Große. Der Meister. Der Allwissende. Der Auserwählte. Der Rabe der Raben. Der ... aber ich schweife ab.

Ich fraß also diese Pflanze und sah Farben. Oh, diese Farben! Wirbelnde, strömende Farben, Farben, die ich nie zuvor gesehen hatte. Alles floß, alles flog! Steine wurden weich wie Pudding, und meine Federn waren aus Stahl. Ich sah Dinge, die ich noch nie gesehen hatte. Städte, Planeten, ich tauchte ins Meer, ich bohrte mich tief in die Erde, ich schlüpfte in andere Körper – ich ... Ich war der Größte! Ein Wunder. Und dann, dann sprach eine Stimme zu mir: »Iskander, du bist auserwählt. Dein ist die Macht! Flieg hinaus und herrsche!«

Weise gesprochen, dachte ich. Sehr richtig. Habe ich schon immer gewußt. Also bin ich hinausgeflogen, um zu herrschen. Zuerst flog ich nur ziellos herum. Bis ich den Müllberg fand. Wer das für Zufall hält, ist verrückt. Das konnte kein Zufall sein. Hier auf dem Müll fand ich die Pflanze. Ein Paradies. Es ist ein Paradies der Macht.

Paradiese sind, wie selbst die dümmste Krähe weiß, nicht dazu da, daß sie allen Ratten, Mäusen, Hasen, Tauben, Katzen oder sonstwelchen dahergelaufenen Kreaturen gehören. Paradiese wollen beherrscht werden. Am besten von mir.

Aber ich war vorsichtig. Sehr vorsichtig. Die erste Zeit verbarg ich mich. Wie klug ich war! Ich stellte einige Krähen als Leibgarde an und machte ein paar Experimente mit der Pflanze. Wie klug! Was, wenn sie auf die anderen Tiere genauso wirkte wie auf mich und sie auch mächtig machte?

Aber nichts dergleichen geschah. Mich allein macht die Pflanze mächtig und wach. Seit Tagen habe ich schon nicht mehr geschlafen. Wunderbar! Ha! Und das beste: Die anderen Tiere gehorchen mir!

Als ich das herausfand, wußte ich endgültig, daß ich auserwählt bin. Mein ist die Macht!

Was ist schöner, als Macht zu haben? Nichts. Macht macht schön. Macht macht mein Glück vollkommen. Jeder tut, was ich will. Und sei es noch so sonderbar.

Wenn es mich zum Beispiel gelüstet zu behaupten, daß der Lüchtenberg absolut flach, der Himmel gelb und die Sonne blau sei, dann muß es jeder so sehen. Sogar die Sonne selbst. Natürlich ist sie nicht blau. Sie ist grün, glaube ich, aber das spielt keine Rolle. Nur wenn wirklich jeder Befehl umgehend befolgt wird, hat man echte, absolute Macht. So wie ich jetzt. Und ich dulde keinen Widerspruch! Zum Glück ist diese Ratte endlich abserviert. Kein Respekt! Und die Piepsmaus auch.

(Vielleicht ist die Sonne violett?)

Ein wenig sorge ich mich nur wegen der Kakerlaken. Gut, sie haben die Maus mitgenommen. Ausgezeichnete Arbeit, bravo, aber warum haben die sich so genau umgesehen? Planen sie etwas? Ich werde aufpassen müssen. Sehr gut. Aufpassen! Kakerlaken – lächerlich!

(Vielleicht ist sie doch wirklich blau? Ja, ich bin sicher, sie ist blau!)

Ich habe Pläne. Große Pläne. Warum nur der Müllberg? Warum nicht die ganze Welt? Ich wurde bestimmt nicht auserwählt, um nur über einen stinkenden Müllberg zu herrschen. Auf mich warten höhere Aufgaben. Die Welt fiebert danach, von mir erlöst zu werden. Ich spüre es.

Doch dazu brauche ich mehr von der Pflanze. Ich kann nicht mehr ohne sie sein. Sie ist mein Leben. Mein Schatz. Mein Glück. Die Tiere müssen sie also suchen und sammeln. Genau! Unter strengster Kontrolle, versteht sich. Niemand darf ohne meine ausdrückliche Genehmigung von ihr fressen.

Ich muß dringend Befehle geben: Pflanze suchen – Sonne blau, Himmel gelb, Lüchtenberg flach – ausgezeichnet! Auch die Sprache muß anders werden. Mein Name muß in jedem Wort enthalten sein. Es lebe die Isk-Sprache! Statt »Ich« muß es »Iskich« heißen. »Müll« wird zu »Misküll«. »Rabe« heißt nun »Riskabe« ... Iskeine wiskirklich iskedle iskund wiskürdige Spriskache. Disker Misküll biskin iskich!

Der Brief

Franz war heilfroh, als er die Luke öffnen und wieder durchatmen konnte. Es regnete leicht. Er, Franz Ratte, hatte es geschafft! Mit Hilfe der Mutanten war er wieder aufgetaucht. Obwohl er über diese Begleitung nicht eben glücklich war.

Pimper wird sich schön bedanken, wenn ich drei Ekelmonster zum Abendessen mitbringe. Vermutlich werden sie sie noch die ganze Zeit verliebt anstarren, dachte er. Aber andererseits machen sie bestimmt Eindruck auf Iskander.

Obwohl die Luftschläuche des ORUSEBO sämtlich abgerissen waren, hatte der Tauchgang geklappt. Der Rüssel hatte das U-Boot umschlungen, und die drei hatten die PIMPER 1 so schnell an die Oberfläche getragen, daß die knappe Luft ausgereicht hatte. Durch viele verwinkelte Kanäle und Rohre war es gegangen, bis sie durch einen Zugang in den Lüchtensee gefunden hatten. Von alledem hatte Franz nichts gesehen, so dunkel war es dort unten gewesen.

Aber wo war nun das Begrüßungskomitee, wo war der Blumenteppich, wo die Musik, der Applaus, und vor allem: Wo war Fräulein Pimpernelle? Das Ufer des Lüchtensees lag da wie ausgestorben.

Verstehe, dachte Franz, sie denken, ich sei tot, und halten die gebührende Trauer. Sehr lobenswert. Na, das wird ja eine freudige Überraschung!

Bester Dinge machte er sich auf den Weg zu seiner Höhle. Die Mutanten blieben auf eigenen Wunsch am See. Erstens, weil der Rüssel angeblich zu lang war, zweitens – und das war der wahre Grund – trauten sie sich einfach nicht weiter. Die obere Welt machte ihnen Angst. Franz versprach aber, ihnen Fräulein Pimpernelle umgehend vorzustellen.

Auf dem Weg zu seiner Höhle begegnete er keinem Tier. Eine merkwürdige Stille lag über der Müllhalde.

»Pimper, hallo, ich bin's, Franz!« rief Ratte schon im Eingang. »Pimper, ich bin nicht ertrunken, also nur fast, also, es war schon haarscharf, aber bis auf einige ziemlich schlimme Verletzungen lebe ich noch! Huhu, Pimper! Pimper, zum Kuckuck, wo bist du denn?«

Keine Antwort.

Keine Graue Maus.

Nicht einmal Gisbert. Die Höhle war leer.

Aber es war jemand hier gewesen. Dieser Jemand hatte seine Werkstatt durchwühlt, sein Labor verwüstet, alles zerbrochen und zerstört und in der Höhle verteilt.

Beim Anblick dieser Verwüstung wurde Rattes Stimme leiser.

»Pimper?«

Ohne zu überlegen, raste er wieder hinaus. Voller Sorge marschierte er von Höhle zu Höhle, von Bau zu Bau, von Nest zu Nest.

»Habt ihr die Graue Maus gesehen?« fragte er zwei Tauben.

»J... äh, nein.«

»Wo ist Pimper?« fragte er eine Ratte.

»Pimper?«

»Fräulein Pimpernelle, die Graue Maus.« Franz zeigte das Porträt.
»Noch nie gesehen.« Eilig verschwand die Ratte.
Überall stieß Franz auf eine Mauer hartnäckigen Schweigens. Niemand wollte etwas gesehen oder gehört haben.
»Graue Maus? Keine Ahnung!«
»Fräulein Pimpernelle? Unbekannt.«
Franz durchkämmte den ganzen Müll, schaute unter jede Bananenschale, hinter jede Milchtüte – ohne auf die winzigste Spur zu stoßen.
Es war wirklich, als hätte es die Graue Maus nie gegeben. Sehr still schlich sich Franz zurück in seine Höhle. Nichts gefunden! Wen er statt dessen fand, war Gisbert. Gisbert kam plötzlich in die Höhle.
»Iskander hat mir befohlen, dir das zu geben«, sagte er und reichte Franz ein zusammengefaltetes Papier, auf dem in Pimpernelles ordentlicher Schrift Ungeheuerliches stand:

»Lieber Franz,
verzeih mir, aber ich liebe Dich nicht mehr.
Ich habe eine andere Ratte gefunden, die meine Vorliebe für Lakritz teilt und mit der ich ein neues Leben beginnen werde.
Suche mich nicht, denn Du wirst mich nicht finden.
Leb wohl und vergiß mich,

Pimpernelle

»Das ist nicht wahr!« schrie Franz, als er die Zeilen gelesen hatte, und ging Gisbert an die Gurgel.
»Du, ich weiß auch nicht mehr, ehrlich, echt!« ächzte der Vetter. »Also, Franz, keinen Streß, nur keine Gewalt! Das sind nur negative astrale Energien, voll schädlich für die Gesundheit, du, echt.«
»Oh ja!« schrie Franz. »Und zwar für deine Gesundheit!«
Aber bevor Franz ihn weiter würgen konnte, hatte Gisbert sich befreit und floh aus der Höhle.

Es war ihre Handschrift, kein Zweifel. Franz kannte diese Schrift so gut wie jede einzelne seiner unzähligen Krankheiten. Und doch – irgend etwas an dem Brief stimmte nicht. Bloß was? Nie würde die Graue Maus ihm so einen Brief geschrieben haben. Oder doch?

Franz vergrub die Schnauze in den Pfoten. Ihm war schlecht, er fühlte sich sterbenselend.

Da er nichts Besseres mit sich anzufangen wußte, begann er, Ordnung zu schaffen. Er räumte sein Labor auf, ordnete seine Werkstatt, fegte die Gänge und reparierte, was zu reparieren war. Pimper wird sicher gleich zurückkommen, redete er sich ein. Sie wird sich freuen, wenn ich in der Zwischenzeit aufräume, Ordnung muß sein. Gleich ist alles wieder, wie es war.

Armer Franz, wie weit war es mit ihm gekommen!

Immer wieder blickte er auf den Brief und verstand die Welt nicht mehr.

»Warum?« schrie er.

»Ja, das frage ich mich allerdings auch!« brummte eine vertraute, mürrische Stimme hinter ihm. Franz wirbelte herum.

»Professor Husten!«

»Schön, daß man mich nach dieser Bergtour noch erkennt!« schnaufte der Professor. »Falsche Windrichtung! Die ganze Strecke mußte ich laufen. Scheußlich!« Ächzend ließ er sich in einen gemütlichen Haufen alter Stoffetzen fallen.

»Also gut, Franz, wo ist er?«

»Was? Wer? Sie meinen sie!«

»Nein, ich meine ihn.«

»Aber sie ist verschwunden.«

»Er auch.«

»Er?«

»Sie?«

»Fräulein Pimpernelle.«

»Malewitsch.«

Schlagartig wurde Husten jetzt klar, daß Malewitsch ihn verlassen und seine Warnung Franz nie erreicht hatte. Diese Erkenntnis wog fast so schwer wie die Nachricht vom Verschwinden der »reizenden Maus«, auf die sich Husten während seines strapazenreichen Marsches heimlich gefreut hatte.

»Kakerlaken«, war Hustens Erklärung. »Ich hab es gewußt.«

Franz schüttelte jedoch den Kopf und zeigte Husten den Brief.

»Kakerlaken schreiben nicht«, sagte er.

»Komischer Brief«, fand auch Husten und drehte den Zettel in den Pfoten hin und her. Ja, der Brief war merkwürdig. Aber warum? Franz kam nicht darauf. Irgend etwas stimmte nicht an diesem Brief.

»Wenn sie nicht mehr hier ist, ist sie vielleicht in Lüchtenwalde«, machte Franz sich Mut.

»Genausogut könnte sie im Kongo sein!« sagte Husten.

»Warum hat sie das getan?«

»In den Kongo zu gehen?«

»Quatsch, mich zu verlassen!«

»Mich wundert's nicht!«

Husten bemerkte Rattes gequältes Gesicht.

»Kleiner Scherz!« rief er. »Komm, Franz, wir suchen erst mal in Lüchtenwalde! Den Kongo nehmen wir uns später vor.«
Franz nickte nur schwach und starrte weiter zu Boden.
»Warum? Warum?« flüsterte er immer wieder.
Indessen packte Husten einige Sachen für sich und Franz zusammen.
»Ich jedenfalls tue das alles nur aus reiner Rattenliebe, kapiert?« sagte er. »Nur darum! Stellst dich allein doch nur ungeschickt an, Franz.«
Gemeinsam traten sie aus dem Schlupfloch auf den Lüchtenberg. Aber nur, um in der gleichen Sekunde panisch wieder in die Höhle zurückzustürzen.
»Ka ... Kaker ... Kakerla ...«, schrie Franz.
»Hunderte!« keuchte Husten. »Tausende! Hunderttausende!«
Und in diesem Moment hörte man sie schon im Eingang scharren. Die Kakerlaken hatten Rattes Höhle umkreist und krochen von allen Seiten näher. Ganz langsam, mit der unerschütterlichen Ruhe des sicheren Siegers.
Franz rannte in seine Werkstatt, raffte zusammen, was er an alter Plastikfolie finden konnte, und verstopfte damit den Zugang.
»Das hält sie eine Weile auf!«
»Los, zum Notausstieg!« rief Husten.
Franz zögerte.
»Los! Worauf wartest du?«
»Es ... äh ... gibt keinen Notausstieg!« gestand Franz heiser.
»Wie bitte?« schrie Husten. »Und du willst eine Ratte sein?«
Aber es war nicht zu ändern. Franz hatte die Höhle günstig von einem Maulwurf übernommen, den es zurück in grünere Gefilde gezogen hatte. Da die Höhle alle Voraussetzungen für eine Erfinderwerkstatt erfüllte, hatte er sich nie weiter um Notausgänge gekümmert. Das rächte sich nun.
Sie verrammelten den Eingang mit allem, was sich aus Rattes Werkstatt bewegen ließ. Dann zogen sie sich in die Wohnhöhle zurück.
»Und weiter?« fragte Husten.
»Keine Ahnung«, sagte Ratte.
Husten schwitzte vor Angst. Die Kakerlaken räumten bereits das Ge-

rümpel vom Eingang weg. Husten fand, daß dies der richtige Moment für einen ordentlichen Schluck sei.

»Stop!« schrie Franz, als er die Hustensaftflasche sah.

»Einen letzten Schluck!« entschuldigte sich Husten.

»Ich habe eine Idee!« rief Franz. »Kommen Sie!«

Er zerrte den völlig verdutzten Husten in die Werkstatt. Dort begann er hektisch, mit einem Stock an einer Klappe an der Höhlendecke herumzufummeln.

»Mistklappe, geh auf!« schimpfte Franz. Da endlich gehorchte die Klappe und sprang auf. Durch ein schmales Rohr sah man den grauverhangenen Himmel.

»Der Kamin!« rief Franz und zeigte nach oben. »Ich mußte ihn für Pimper anlegen, weil es ihr in der Werkstatt zu sehr stank. Unsere Rettung – wenn Sie nicht inzwischen das Rezept geändert haben.«

»Rezept? Ach, das Rezept!« Husten verstand und strahlte.

»Franz, oh, du mein Lieblingsschüler! Laß dich küssen!« rief er anerkennend, schmatzte Franz einen feuchten Kuß auf die Backe und nahm einen kräftigen Schluck. Langsam stieg er in die Luft. Franz kippte den Rest auf einen Zug und klammerte sich an Husten. Gerade noch rechtzeitig. Eben krochen die ersten Kakerlaken in die Werkstatt.

»Denkt daran«, rief ihr Anführer. »Der Präsident will sie lebend – vorerst!«

Franz fühlte sich federleicht. Der Hustensaftrausch zog wie ein Wirbelsturm in seinem Kopf auf und zerriß jeden klaren Gedanken achtlos in flüchtige Fetzen. Dicht aneinandergeklammert schwebten die beiden Ratten wie Luftblasen im Wasser durch den Kamin. Sie schwebten hoch in den Himmel über dem Lüchtenberg. Der Nordwest, der kräftig aufgebrist hatte, erfaßte sie und trug sie mit sich fort. Als Franz den Lüchtensee unter sich sah, durchfuhr ihn ein heißer Schreck. Die Mutanten! Er hatte die drei vergessen! Franz wollte rufen, schreien, winken, aber der Hustensaftrausch lähmte ihn. Nebelhaft sah er den See unter sich davonziehen. Und Franz und Husten stiegen immer höher.

Eine große, graue Wolke verschluckte die beiden Ratten, und Himmel und Erde verschwanden. Franz sah nur noch wirbelndes, milchiges Weiß. Undeutlich hörte er Husten neben sich grölen und singen.

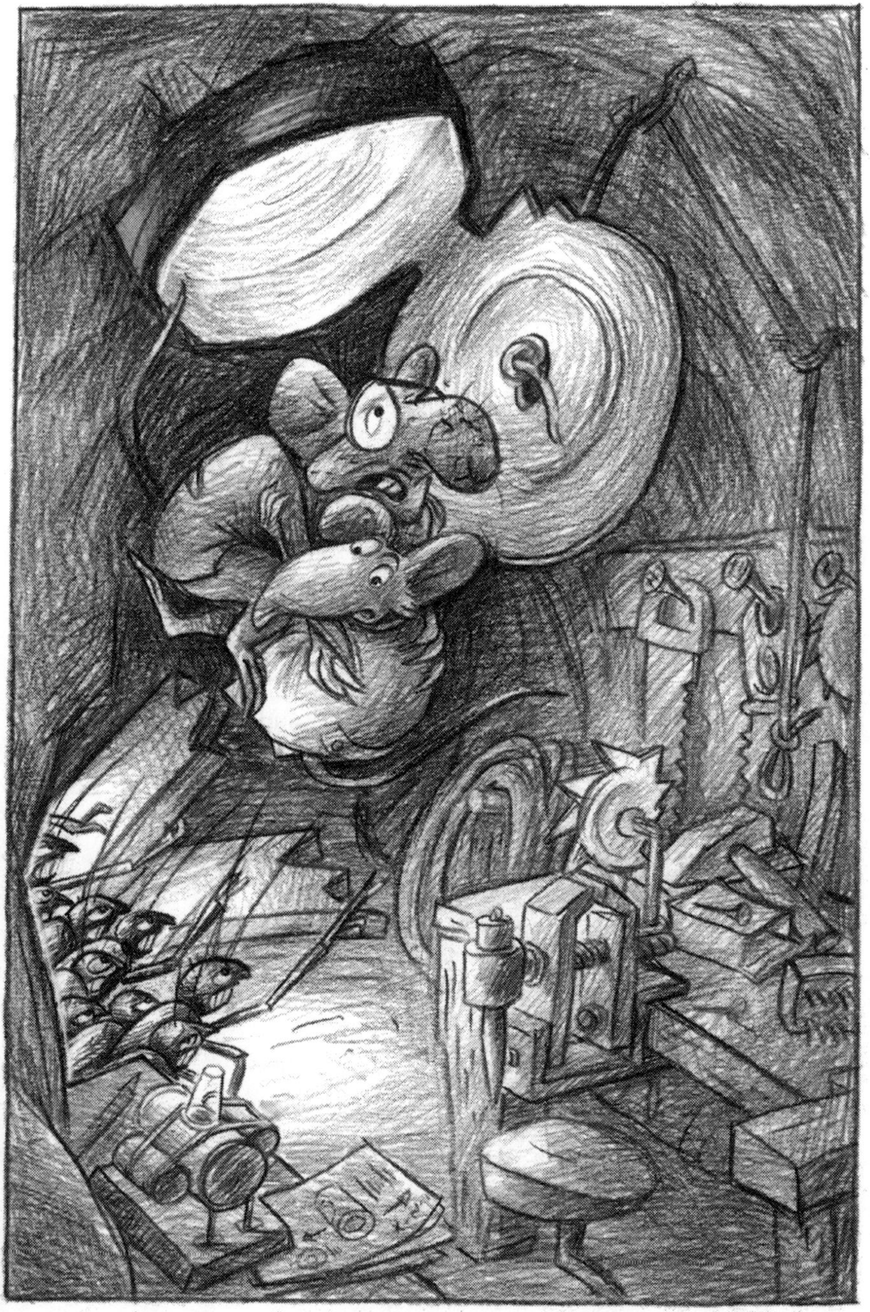

Leb wohl, meine Heimat, dachte Franz, wir sind gerettet und sind doch verloren!

Da hatte er aber diesmal unrecht. Sie waren nicht verloren – aber sie waren auch noch nicht gerettet.

Unterdessen langweilte man sich am See.

»Ob wir nicht vielleicht doch ...?« schlug der Langsame Säureschleimer mit einem neugierigen Blick über die geheimnisvolle, unentdeckte Oberwelt des Lüchtenbergs vor.

»Auf gar keinen Fall!« widersprach KA-21, der Rüssel. »Wir bleiben hier. Das ist unauffälliger. Außerdem haben wir uns als Gäste entsprechend zu benehmen. Zurückhaltung ist da vornehmste Pflicht.«

»Sehr vornehm!« bestätigte AV-36 und blies sich auf. Gleichwohl war ihr Beweggrund, den See nicht zu verlassen, weniger vornehme Zurückhaltung als die Furcht, entdeckt zu werden. Sie waren eben sehr scheu.

»Er wird schon kommen«, versicherte der Rüssel. »Er hat es versprochen. Und er wird sie mitbringen.«

Ja, sie! Bei dem Gedanken daran, daß sie bald das schönste Wesen sehen würden, seufzten die Mutanten – und geduldeten sich.

Gefangen!
(Die Graue Maus erzählt)

Ich war eine Gefangene! An einem geheimen Ort hielt man mich fest. Keine Mäuseseele hörte meine verzweifelten Schreie. Naja, ich schrie auch nicht oft, denn ich wollte tapfer sein. Wie Mäuse eben sind! Das ist unsere Natur. Das unterscheidet uns von den Ratten!

Immer und immer wieder zerrte man mich aus meiner Zelle und verhörte mich. Stundenlang, tagelang, wochenlang, jahrelang – ich weiß es nicht, ich weiß nur, daß es schrecklich war. Aber ich schwieg. Kein Sterbenswörtchen konnte diese schwarze Bande aus mir herauspressen. Oh, wie tapfer ich war! Bei dem Gedanken daran mußte ich sogar ein bißchen weinen, aber nur ganz wenig, ehrlich. Meistens dachte ich ja an Franz. Ach, mein armer Franz! Ich mochte mir sein schreckliches Schicksal gar nicht vorstellen. Und tat es trotzdem, und da mußte ich dann schon ein bißchen mehr weinen.

»Ich frage dich zum letzten Mal, du Heulmaus!« schrie mich der Präsident an. Er war es: der Präsident der Kakerlaken. Wie oft war er mir in meinen schlimmsten Alpträumen erschienen. Und nun stand er leibhaftig vor mir, viel größer als die anderen Schaben, und knarrte drohend mit seinen messerscharfen Greifzangen. Ich glaube, ich zitterte am ganzen Leib. War das ein Wunder? Reiß dich zusammen, befahl ich mir, denn ich wollte beweisen, wieviel Mut in einer einzelnen grauen Maus steckt. Der sollte staunen, der Präsident.

»Ich sage nichts!« sagte ich fest. Das war Mäusemut!

»Dann wird es der Ratte schlecht ergehen!« schrie der Präsident, und aus seinem Reißmaul spritzte gelblicher Schleim. Ekelhaft! Und was sollte das heißen?

»Die Ratte ist in meiner Gewalt!« schrie er, als hätte er meine Gedanken gelesen. Unheimlich! »Wenn du uns nicht hilfst, werden wir uns um deinen Freund – kümmern!«

Er riß einen kleinen Papierschnipsel mit seinen Scherengreifern – zackzack – in Fetzen. Da ist mir dann doch ein spitzer Schrei entfahren, aber nur ein ganz kurzer, und das war ja auch kein Wunder.

»Die Formel!« befahl der Präsident.

Das war es, was er wollte: die Formel für Glykolisofluortetranol, den gelben Schleim, den die Kakerlaken »göttlicher Glibber« nannten und der sie furchtbar stark werden ließ.

»Niemals!« rief ich, und da kam ich mir vor wie die mutigste Heldenmaus der Welt – war ich bestimmt auch. Außerdem kannte ich die Formel sowieso nicht. Franz machte ja immer so ein fürchterliches Geheimnis um alles, prahlte mit seinem angeblich vorzüglichen Gedächtnis. »Die Ratte vergißt nicht!« sagte er oft, was aber in Wirklichkeit gar nicht stimmte, denn Franz vergaß sehr wohl ständig etwas, meistens das Wichtigste. Wenn ich ihn zum Beispiel bat, mir etwas mitzubringen, und auch sonst, aber wenn ich ihn darauf ansprach und daß es doch sicherer wäre, seine Erfindungen mit mir zu teilen, schaltete er einfach auf stur, naja, so war er eben, aber da konnte mir schon oft die Hutschnur platzen, und ich ...

»He! Hörst du mir überhaupt zu, Stinkmaus?« brüllte mich der Präsident plötzlich wieder an. Stinkmaus! Das hatte mir noch keiner gesagt. Schuft! Meine Augen wurden wieder feucht.

»Ich sagte bereits: Nein!« wiederholte ich fest. Oh, ich war jeder Millimeter eine Dame. Die pure Selbstbeherrschung, kühl, vornehm, aber knallhart, wie ich es in meinen Zeitschriften, in diesen wunderbaren Kurzromanen, gelesen hatte. Marie-Pimpernelle von und zu Graumausen, die heißblütige Gräfin mit dem eiskalten Blick – das war ich!

Leider blieb der Präsident völlig unbeeindruckt. Offenbar hatte er diese Geschichten nicht gelesen.

»Du hast es so gewollt«, flüsterte er mir ins Ohr, und ich bekam sofort am ganzen Körper juckende Ekelpickel von seinem Atem.

»Abführen!« brüllte er.

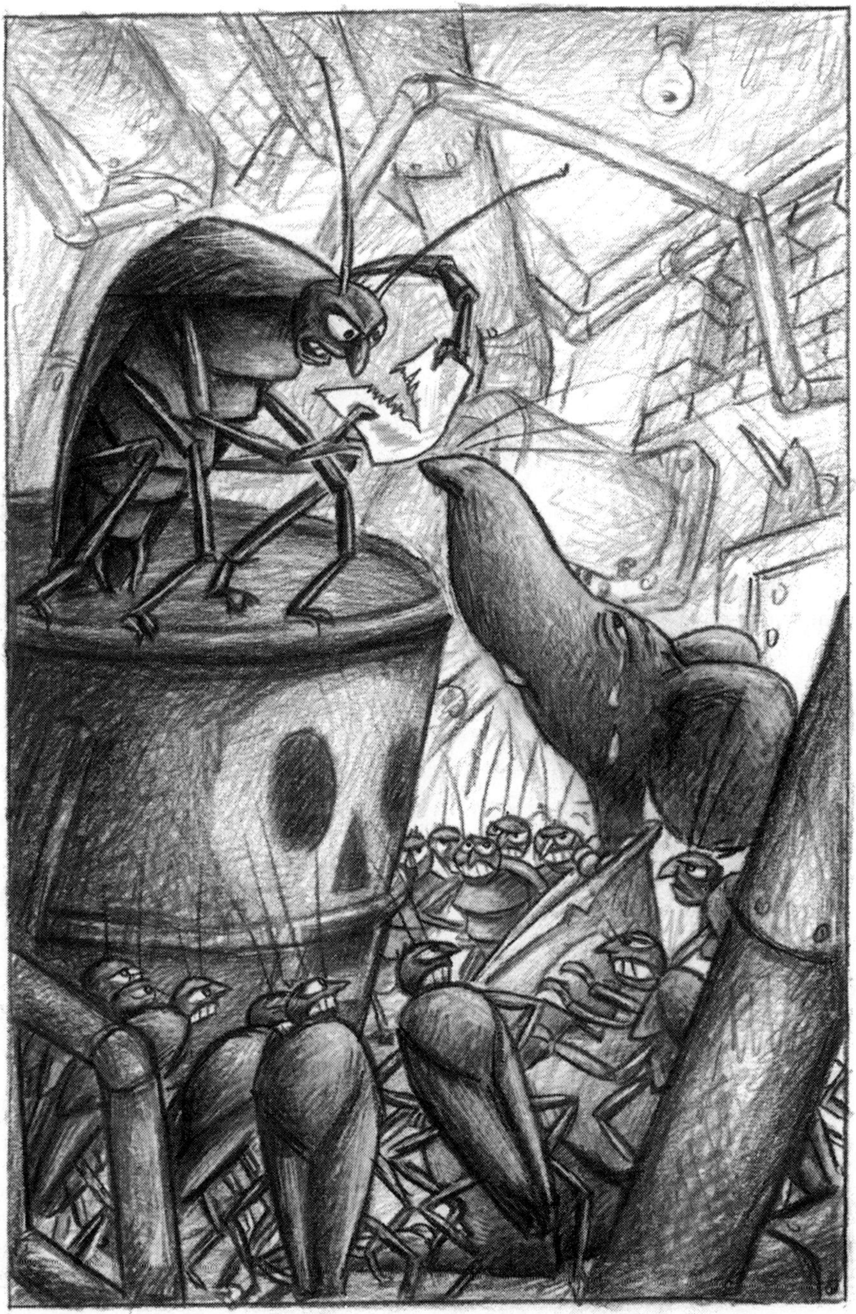

Wieder in der Zelle, zwang ich mich nachzudenken. Irgend etwas stimmte nicht. Der Präsident konnte Franz nicht in seiner Gewalt haben. Logisch. Wozu verlangte er sonst die Formel von mir? Und noch etwas: Wenn der Präsident die Formel brauchte, reichte sein Vorrat an G.I.F.T. offenbar nicht mehr. Und das bedeutet vielleicht eine kleine Chance für mich.

Ich blickte mich in meinem Verließ um. Allmählich erkannte ich, daß ich mich in einem großen Kessel befand. Seitlich gab es ein enges, versperrtes Loch, der Eingang meines Kerkers. Über mir erkannte ich ein weiteres kleines Loch, durch das ein schwacher Lichtstrahl fiel. Die Wände waren aber so steil und glatt, daß an Klettern nicht zu denken war.

Niedergeschlagen hockte ich mich hin. Nicht, daß ich etwa weinte, also jedenfalls nicht viel, aber ich war sehr traurig. Ich dachte wieder an Franz. Bestimmt hatte er meinen Brief erhalten. Iskander hatte mich gezwungen, ihn zu schreiben, aber er hatte meine verschlüsselte Warnung an Franz nicht bemerkt. Ich war jedoch sicher, daß Franz den Hinweis sofort verstehen und handeln würde. Er mußte ihm ja direkt ins Auge springen. Franz würde nie glauben, daß ich ihn verlassen hätte.

Eigentlich brauche ich nur zu warten, bis er mich befreit, dachte ich. Aber das dachte ich schließlich schon eine ganze Weile, und immer noch saß ich hier. Es wurde Zeit zu handeln.

Von draußen hörte ich dumpfe Geräusche und die Stimme des Präsidenten. Er hielt wieder eine seiner Reden.

»Unsere Zeit wird kommen!« schrie er, und die Menge antwortete ihm mit begeisterten Hurra-Rufen. »Eine reine Welt der Kakerlake, die Gott nach seinem Ebenbilde schuf!«

»Bravo!« schrien die Kakerlaken. »Lang lebe der Präsident.«

»Die Welt wird ein Kakerlakenparadies sein, dank mir! Dank dem göttlichen Glibber, dem Schleim, der uns die Macht gibt!«

»Göttlicher Glibber – gib uns die Macht!« tobten die Kakerlaken.

»Doch bis es soweit ist, müssen wir gemeinsam noch einen sehr steinigen Weg gehen.«

Unruhe in der Kakerlakenmenge.

»Wieso?« schrien sie.

»Naja, so steinig auch wieder nicht!« verbesserte sich der Präsident hastig. Begeisterung bei den Kakerlaken.

»Auch wenn Hunderte von euch sterben – das wird uns nicht aufhalten, denn unsere Zahl ist unsere Macht!«

»Siegen oder enden – für den Präsidenten!« grölten die versammelten Untertanen.

Meine Lage war furchtbar. Ich mußte irgend etwas tun. Aber dazu mußte ich mehr über die Pläne der Kakerlaken erfahren.

Ich hatte eine Idee. Eine geniale Idee. Ich stellte mich an den Eingang meines Kerkers und begann, laut zu jammern. Nicht, daß ich darin etwa Übung hätte, das ist nur mein künstlerisches Talent, das manchmal mit mir durchgeht. Und Jammern ist meine beste Nummer, da wird sogar Franz weich. Eine gute Freundin hat mir einmal eine große Karriere als Tanz- und Showmaus vorausgesagt, aber damals hatte ich bereits diese Stelle bei Franz angenommen.

Ich begann also, ein bißchen zu jammern. Und siehe da: Nach einer Weile öffnete sich eine Luke in der Tür und eine Schabe blickte herein.

»Was 'n los?« fragte sie mißtrauisch.

»Diese Krämpfe!« klagte ich. »Mein Magengeschwür!« Das kannte ich von Franz.

»Was is'n Magengeschwür?« fragte die Kakerlake. Sie klang interessiert. »Freßbar sowas?«

Aha! Da war der schwache Punkt. Sofort setzte ich nach.

»Oh ja, und ziemlich lecker!«

Jetzt wurde die Kakerlake richtig neugierig.

»Mal sehen lassen!« verlangte sie.

»Später«, knurrte ich lässig. »Erst wird gesungen!«

Ach, wie gut, daß ich immer meine Kurzromane gelesen hatte! So konnte ich mich dem Jargon der Kakerlake perfekt anpassen. Leider war ich jedoch nicht ganz so sattelfest in der Ganovensprache, wie ich dachte.

»Bevor ich pfeife, brezelt die Muffe auf der Schnalle!« sagte die Kakerlake.

Wie bitte? Ich verstand kein Wort, ließ mir jedoch nichts anmerken, sondern konterte wie die abgebrühteste Gangsterbraut.

»Dir hamse wohl die Politur verkratzt, Kanaille!« sagte ich. »Ohne Klause keine Sause!«

Das machte Eindruck.

»Laß Mucken rüberzucken, dann wird gejodelt«, verlangte die Schabe nun.

Was meinte sie? Langsam wurde es kompliziert.

»Die Abzocke läuft nicht!« knurrte ich. »Wenn die Stinke fliegt, dann schnackelt's im Karton. Entweder die Moppen, oder der Brei tanzt!«

Damit hatte ich allerdings zu hoch gepokert.

»Ohne mich!« winkte die Kakerlake ab. »Die Drehe schäumt!« sagte sie und ließ mich wieder allein.

Mein Angebot schien sie nicht überzeugt zu haben. Aber was war mein Angebot eigentlich gewesen? Alles geht schief, dachte ich verzeifelt. Hier komme ich nie mehr raus.

Da hörte ich ein leises Kichern. Zunächst hielt ich es für eine Täuschung, das erste Anzeichen von Kerkerwahnsinn, aber dann gab es keinen Zweifel mehr: Irgend jemand kicherte. Und zwar ganz in meiner Nähe. Ich suchte mein ganzes Verließ ab, fand aber niemand. Es war wie verhext.

Ich starrte nach oben zu dem Lichtspalt, als mir etwas aufs Gesicht plumpste. Entsetzt schrie ich auf. Naja, das ist so eine instinktive Reaktion, die man nicht unterdrücken kann, auch die mutigste Maus nicht.

»Hoppla, Schätzchen!« sagte das Etwas und kicherte wieder. Jetzt erkannte ich, daß es eine kleine Spinne war, die sich an ihrem Faden von der Kesseldecke herabgelassen hatte. Geradewegs auf mein Gesicht! Unverschämtheit! Immerhin bloß eine Spinne – es hätte ja wer weiß was Ekliges sein können.

»Hast du mich erschreckt!« rief ich ungehalten. »Ist das etwa die feine Art?«

»Pardon!« rief die Spinne. »Konnte mich aber vor Lachen nicht mehr halten. Wie du da mit der Kakerlake verhandelt hast – reife Leistung!« Sie prustete los.

Diese Spinne gefiel mir nicht. Was erlaubte sie sich?

»Geht's noch?« erkundigte ich mich böse.

»Nichts für ungut, Schätzchen«, sagte die Spinne, »aber für einen Profi wie mich war das schon zu komisch. Hihihi ...« Allmählich beruhigte sie sich.

»Sansibar mein Name«, stellte sie sich auch endlich vor. »Habe dich schon eine geraume Weile beobachtet. Die Ausquetsche mit der Kakerlake hättest du dir sparen können. Die weiß sowieso nicht, wo die Torte verpackt wird.«

»Aber du, wie?«

»Absolut korrekt! Ich weiß Bescheid. Bin schließlich Profi. Also: Die Kakerlaken wollen weg von hier.«

»Zum Lüchtenberg!« entfuhr es mir.

»Absolut korrekt! Der Vorrat an G.I.F.T. geht zur Neige. Der Präsident vermutet, daß es dort aber noch mehr davon gibt. Er hat schon alles zur Auswanderung vorbereitet.«

»Das ist ja furchtbar!«

»Absolut korrekt!«

»Woher weißt du das alles?« fragte ich.

»Gute Ohren«, erwiderte die Spinne bedeutungsvoll.

»Aber wo, bitte, befinden wir uns hier?«

»In einem Keller. Tief unter der Erde.«

»Und was liegt über uns?«

»Keine Ahnung.«

»Und du? Was machst du überhaupt hier?«

»Ah!« rief die Spinne. »Auf diese Frage habe ich gewartet! Also, ich«, erklärte Sansibar stolz, »ich bin Kunstspinnerin. Die Beste! Ein Star. Bin auf allen wichtigen Kellerbühnen der Welt aufgetreten!« Sie warf sich in die Brust. »Wohne schon lange hier unten«, fuhr sie munter fort, »und lasse mir mein Hausrecht nicht von ein paar dahergekrochenen Kakerlaken abjagen! Halte mich aber versteckt. Der Präsident haßt Spinnen. Naja, er haßt sowieso alles, was lebt. Mich aber besonders.«

»Hast du denn gar keine Angst?« fragte ich.

»I wo!« sagte die Spinne. »Angst ist für die Spinne ein Fremdwort.«

Diesen Spruch kannte ich. Nur, daß der, der ihn sonst benutzte, statt Spinnen Ratten meinte. Bei dem Gedanken an Franz mußte ich gleich wieder laut aufseufzen.

»Kopf hoch!« rief die Spinne. »Alles halb so schlimm!«

»Du hast gut reden!« rief ich und zog geräuschvoll die Nase hoch. Mußte ich etwa weinen? Nein, bestimmt nicht. »Du bist ja auch keine Gefangene!« rief ich.

»Ach, du willst raus hier?«

Ich nickte.

»Läßt sich machen.«

Ich glaubte, nicht recht zu hören.

»Kennst du etwa einen Fluchtweg?« rief ich.

»Pssst!« flüsterte Sansibar und schielte zur Tür. »Absolut korrekt!«

»Und du würdest ...«, flüsterte ich.

»Absolut. Ist sowieso wieder mal Zeit für eine kleine Tournee«, sagte Sansibar. »Habe da nämlich eine neue Nummer. Absolute Weltklasse! Also, halte dich bereit! Morgen hole ich dich ab.«

Mit diesen Worten schnurte meine neue Freundin wieder an ihrem Faden hinauf und verschwand in dem Lichtspalt. Ich konnte es nicht fassen: Morgen sollte ich befreit werden! Ich war ganz aus dem Häuschen vor Aufregung, und ich weinte wohl auch ein bißchen, aber das waren Glückstränen, und für die muß man sich nicht schämen. Nicht mal die mutigste Maus.

Aus zwei mach drei

»Pimper, wo bist du?«

Eine hohe Stimme klagte durch die Nacht. Die Stimme war so dünn, daß der tobende Orkan, der mit einem wahren Jahrhundertregen Tier und Mensch in die Häuser peitschte, sie mühelos zerriß und verwehte.

»Oh, Pimper! Wo bist du, Pimper?« schrie Franz Ratte von einem Poller am Lüchtenwalder Hafen gegen den heulenden Sturm. Sein weißer Kittel, das Zeichen seiner Würde, schlotterte ihm schaurig und klitschnaß um den Leib. Franz war todunglücklich. Er fühlte sich so verlassen wie nichts sonst auf der Welt. Hilfloser als eine Gräte ohne Fisch, verlassener als Schokoladentorte ohne Schokolade, einsamer als Schimmel ohne Käse. Und das war mehr, als er ertragen konnte.

»Jetzt komm schon da runter, Franz!« murrte Husten, der unten neben dem Poller stand. »Es ist lausig kalt hier, es regnet wie aus Eimern, es ist stockdunkel, und ich habe schlechte Laune. Du kannst nicht auf jeden Poller steigen und immer das gleiche rufen!«

»Das ist eben echte Verzweiflung«, sagte Franz, während er von dem Poller kletterte. »Davon verstehen Sie nix, Professor. Nur das Genie versteht auch zu leiden. So wie ich, Franz Ratte, der größte Leidende aller Zeiten.«

»Jaja, weiß schon, immer das gleiche Lied«, brummte Husten und betrachtete Franz mit einer Mischung aus Ärger und Besorgnis.

»Meine Tage sind sowieso gezählt!« jammerte Franz weiter. »Ich werde nichts essen, bis ich Pimper mit ihrem ... diesem Lakritzhallodri erwischt habe!«

»Schön dumm!« entfuhr es Husten.

»Wie bitte?«
»Nichts, gar nichts.«

Schweigend marschierten sie nebeneinander her, das heißt: wurden sie vom Sturm vorwärtsgetrieben, bis sie unter einer aufgeweichten Apfelsinenkiste einen Unterschlupf fanden, wo sie das Ende des Sturms abwarteten.

Sie waren jetzt schon den zweiten Tag unterwegs. Die Wolke hatte sie fortgetragen und bald mit einem Regenschauer heruntergespült, als die Schwebewirkung des Hustensafts nachließ. Franz und Husten hatten sich auf eine ziellose Suche begeben. In Kellern, Kanälen, Abflußrohren, an Mülleimern, in finstern Häusernischen hatten sie jede Maus, jede Ratte nach Fräulein Pimpernelle gefragt – ohne Erfolg. Jedem Hauch von Lakritzgeruch in der Luft waren sie gefolgt – ohne Ergebnis.

Franz hatte mit Sauerkrautmiene das Gelübde abgelegt, nichts mehr zu fressen, bis er die Graue Maus gefunden hätte. Und tatsächlich verweigerte er hartnäckig jede Nahrung. Immer wieder zog er das vertrocknete Vergißmeinnicht aus seiner Kitteltasche und seufzte zum Erbarmen.

Weit weg hatte es Franz und Husten allerdings nicht verschlagen. Von ihrer Apfelsinenkiste aus hätten sie bei klarem Wetter hinter den Hafenkränen den Lüchtenberg sehen können.

Ganz in der Nähe stand eine magere Ratte an einer Häuserecke und hielt Ausschau. Malewitsch war – zufällig – auf den Aufenthaltsort des Rattenkönigs gestoßen. Den König persönlich hatte er allerdings noch nicht zu Gesicht bekommen. Man sah nur die Botschafter, die hin und her rannten und Nachrichten überbrachten.

»Aus düm Wüg, üm Namün düs Königs!« näselten sie immer. Wichtigtuer! Aber bitteschön, das kümmerte Malewitsch wenig. Er war bestens versorgt.

Wie gut alles organisiert war! Überall Ratten, und jede hatte eine Aufgabe. Man hatte auch ihm eine kleine Tätigkeit zugewiesen: Er mußte an einer Häuserecke stehen und auf »verdächtige Dinge« achten. Verdächtige Dinge – Malewitsch hatte keine Ahnung, was das sein sollte. Es war ihm jedoch auch Knorpel wie Gräte. Die Arbeit war leicht, sie wurde geschätzt, er konnte eine Liste führen, und es gab noch reichlich zu fressen dafür. Paradiesische Zustände!

»Zeig mir noch mal den Brief, Franz!« verlangte Husten nach einer Weile nachdenklichen Schweigens. Franz fummelte den zerknitterten Unglücksbrief aus der Tasche und reichte ihn dem Professor, ohne hinzusehen.

»Hm«, machte Husten. »Ich komme immer noch nicht darauf, was an diesem Brief nicht stimmt.«

»Was soll da nicht stimmen?« jammerte Ratte. »Kaum war ich verschwunden, hat sich Pimper den erstbesten Lakritzverführer geangelt – und ab die Katze!« Er schniefte laut und murmelte etwas von einer akuten Lungenentzündung.

»Das ist es eben, Franz«, meinte Husten. »Es gibt tausend gute Gründe, dich zu verlassen ...«

»Herzlichen Dank!«

»... aber ausgerechnet für Lakritz? Sehr merkwürdig.« Kopfschüttelnd reichte Husten Franz den Brief zurück.

»Ja, sehr merkwürdig«, sagte Franz. Den Brief schaute er nicht an. Er kannte ihn inzwischen auswendig. »Pimper haßt Lakritz. Ich, Franz Ratte, liebe es, aber Pimper wird allein von dem Geruch schlecht. Ich darf ja nie welches essen. Und jetzt brennt sie mit so einem Lakritzheini durch!«

»Das ist es!« schrie Husten heiser und klopfte Franz auf den Kopf. »Du dreimal verdummbeutelter Halbtrottel! Das ist eine Geheimbotschaft! Das bedeutet ...«

»Sie meinen ...«, sagte Franz zögernd.

»Na, logisch. Sie hat den Brief unter Zwang geschrieben, weil man dich auf eine falsche Spur bringen wollte. Aber die Maus hat noch soviel Mut und Geschick bewiesen, dir eine Warnung zukommen zu lassen. Franz, diese Maus ist nicht nur das entzückendste Wesen, das es gibt, es ist auch das genialste!«

»Und Sie meinen, sie ist nicht ...?«

»Es ist, wie ich vermutet habe«, sagte Husten. »Die Kakerlaken haben sie entführt.«

Franz dämmerte es. Seine geliebte Maus gefangen! Zeit hatten sie verloren, Zeit, in der der Grauen Maus viel zugestoßen sein konnte.

»Aber wer hat den Brief geschrie ...«

Ein fernes Krächzen unterbrach ihn. Wie von einer Nadel gepiekst, zuckte Franz zusammen und schob seinen Kopf aus der Kiste. Es hatte aufgehört zu regnen. Über ihnen, unter den tiefhängenden Wolken, die allmählich aufrissen, kreiste ein Rabe.

»Glaubst du, er ist es?« fragte Husten.

»Hm«, machte Franz mit belegter Stimme. »Möglich.«

Der Rabe zog noch einige Kreise und verschwand dann. Franz beruhigte sich wieder. Zu Professor Husten gewandt, tönte er: »Professor, ich, Franz Ratte, der größte Mäusebefreier aller Zeiten, habe einen Plan. Einen genialen! Er besteht aus zwei Punkten.«

»Soso«, stöhnte Husten. Rattes Pläne! Die kannte er nur zu gut.

»Punkt eins«, sagte Ratte und machte eine bedeutungsschwere Pause. »Punkt eins: Ich fresse mich erstmal satt!«

»Genial!« spottete Husten. »Und Punkt zwei?«

»Keine Ahnung!« sagte Franz und stürzte schon aus dem Unterstand heraus. »Erstmal Punkt eins!«

»Das Hungerfieber!« rief Husten und setzte, so schnell es sein beachtlicher Leibesumfang erlaubte, hinterher. »Warte, Franz! Haaaalt!«

Doch Hunger hatte Franz schon immer zu sportlichen Höchstleistungen getrieben. Er rannte eine Hauswand entlang, geradewegs auf die nächste Ecke zu, hinter der er viele lecker gefüllte Müllbeutel erwartete.

»Verdächtige Dinge ...«, murmelte Malewitsch auf seinem Posten an einer Ecke und blickte sich um. »Wenn ich nur wüßte, was alles verdächtig ist.«

Um keinen Fehler zu machen, leckte Malewitsch seinen Stift an und notierte in seiner peinlich ordentlichen Schrift kurzum alles, was er sah. Das war allerdings nicht viel in diesem verlassenem Winkel des Hafens.

»Eine verdächtige Regenpfütze, in der ein verdächtiger Kaugummi schwimmt«, notierte er. Perfekt! Er war stolz auf sich.

»Eine verdächtige Zigarettenschachtel, eine verdächtige Dose, aha, eine verdächtige Socke mit einem verdächtigen Loch. Hm, besser: sehr verdächtig! Ein verdächtiger blauer Papierschnipsel, der von dem verdächtigen Wind verdächtig herumgewirbelt wird.«

Malewitsch kam ins Schwitzen.

»Wau, ist hier was los!« rief er. Um noch genauer beobachten zu können, trat er um die Hausecke, an der er stand. »Ein verdächtiger ...«, wollte er fortfahren, als ihn in diesem Augenblick ein heftiger Stoß von der Seite traf und er der Länge nach in die verdächtige Pfütze vor sich schlug.

»Donnerschlag«, sagte eine Stimme hinter ihm. Malewitsch in der Pfütze drehte sich um. Der Kaugummi pappte ihm rosig auf der Schnauze.

»... ein verdächtiger ... Franz Ratte«, murmelte er benommen. Er griff mechanisch nach seiner Liste, bis ihm schlagartig die Ungeheuerlichkeit der Begegnung bewußt wurde.

»Waaaas?« rief er. »Franz Ratte?«

Jetzt erst erkannte auch Franz, mit wem er da blindlings zusammengeprallt war.

»Hallo, Malewitsch, alte Sauermilch!« rief er.

Malewitsch dagegen brachte kein vernünftiges Wort heraus, so sehr schockierte ihn dieses Zusammentreffen. Er stammelte nur unverständliches Zeug. Erst recht, als Husten keuchend neben Franz auftauchte und seinen Ex-Assistenten in der Pfütze sitzen sah.

»I... ich kann alles erklären!« rief Malewitsch verzeifelt.

»Darauf sind wir allerdings auch sehr gespannt, du Verräter!« fauchte ihn Husten grimmig an. »Und nimm den blöden Kaugummi ab. Verkleiden nützt auch nichts mehr.«

Jetzt hagelte es die gewaschenste Strafpredigt seit Rattengedenken. Armer Malewitsch! Husten war außer sich.

Stammelnd, jammernd, um Vergebung flehend, erzählte Malewitsch von seiner Flucht und von seiner geheimen Aufgabe im Dienste des Rattenkönigs. Husten und Franz glaubten ihm kein Wort.

»Rattenkönig!« höhnte Franz.

»Märchen, um Mäuse zu erschrecken!« ergänzte Husten.

»Ich habe ihn persönlich gesehen!« log Malewitsch.

Doch je mehr er sich bemühte, die beiden von der Wahrheit seiner Geschichte zu überzeugen, desto mehr hielten sie alles für blank erfunden. Malewitsch gab bald auf. Wenn er es sich recht überlegte, war er eigentlich gar nicht so unglücklich. Er war sogar herzensfroh. Er hatte seinen geliebten Professor wiedergefunden, die Standpauke war vorüber, alles war wieder beim alten. Nur daß Franz Ratte mit von der Partie war.

Franz hatte inzwischen einen Müllbeutel gefunden, an dem er sich gütlich tat. Er fraß, bis er beinahe platzte. Pappsatt, kugelrund, benommen vom Fressen, doch sehr zufrieden kehrte er zu Husten und Malewitsch zurück.

»Nimm endlich diesen blöden Kaugummi ab!« schnauzte Husten seinen Assistenten gerade an, der sich noch immer erfolglos bemühte, das zähe, rosige Geklebe abzuzupfen.

»Also, vergessen wir mal den Rattenkönig«, sagte Franz und rülpste. »... hups! Gibt's hier Elche? Kleiner Scherz! Wo sind die Kakerlaken?«

»Ganz in der Nähe«, erwiderte Husten. »Ich kenne die Gegend. Mein Labor liegt nicht weit entfernt.«

»Dann los! Ich schlage vor, wir trennen uns und nehmen sie von zwei Seiten in die Zange.«

»Schließlich sind wir in der Überzahl!« spottete Husten.

»Echt?« fragte Malewitsch.

»Das Glück winkt ... hups! ... dem Mutigen!« erklärte Franz. »Also, Sie und die Sauermilch nehmen den Gulli dort, ich nehme den hier vorn. Morgen abend treffen wir uns in Ihrem Labor, Professor. Pimper, ich komme! Ich, Franz Ratte, werde dich befreien!«

Husten kritzelte Franz auf einen Fetzen Papier eilig eine Wegbeschreibung zu seinem Labor. Dann drückte man sich gegenseitig die Pfote, wünschte sich alles Gute und trennte sich. Franz wollte keine Zeit mehr verlieren. Ohne lange zu zögern, sprang er in den nächstbesten Gulli.

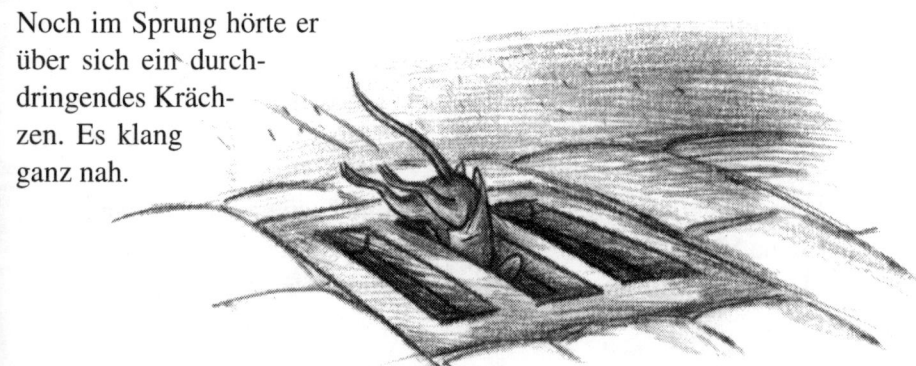

Noch im Sprung hörte er über sich ein durchdringendes Krächzen. Es klang ganz nah.

Größenwahn

HEUTE IST MONTAG verkündete ein großes Schild vor Iskanders Kiste. Das Schild stand schon seit drei Tagen dort. Montag war Iskanders Lieblingstag.

Der Orkan hatte nachgelassen. Die Wolken rissen auf, und ein leuchtender Sternenhimmel zeigte sich bereits hie und da. Eigentlich streiften in solchen Nächten stets hungrige Marder herum, sangen Kater süßliche Liebeslieder oder huschten Ratten abenteuerdurstig über den Müll. Das hatte sich geändert. Stille lag über dem Lüchtenberg. Grabesstille. Es herrschte strengstes Ausgehverbot.

Tagsüber mußten auf Iskanders Anordnung alle Tiere nach der Pflanze suchen, die sehr versteckt und spärlich zwischen dem Müll wuchs.

»Sucht für mich, den Meister!« befahl er. »Kein Blatt darf unentdeckt bleiben!«

Iskander hegte sogar einige zarte Ableger in seiner stickigen Kiste, so heilig war ihm das winzigste Blättchen.

»Furchtbare Strafen und ewige Verdammnis dem, der es wagt, ohne meine Erlaubnis davon zu fressen!« drohte Iskander, während er die Arbeit beaufsichtigte.

Mit Hilfe seiner Krähen hatte er alles unter Kontrolle. »Dienen ist eure Pflicht und euer einziges Vergnügen!«

Nie sah man den Raben ausruhen oder schlafen. Er war immer wach. Und er schien überall gleichzeitig zu sein. Niemand wagte ein offenes Wort. Angst lag in der Luft.

Iskander gefiel es, die absurdesten Befehle zu erteilen. Anfangs nur, um seine Macht zu erproben, bald aber glaubte er selbst an seine Worte.

»Donnerstag ist ab sofort Mittwoch!« ordnete er an. »Und Dienstag ist Freitag, dafür wird der Sonntag gestrichen. Und für immer ist Montag.«

Zweimal am Tag mußte ein Umzug abgehalten werden, die »Ehrenparade«, bei denen er Dank- und Lobeslieder auf »Iskander, den Meister des Universums«, singen ließ. Stundenlang.

»Weiter! Noch mal von vorn!« schrie Iskander, auch wenn die Tiere schon völlig erschöpft waren.

Er verlangte außerdem eine umständliche Begrüßungszeremonie, die »Ehrenbeuge«, wenn man ihm gegenübertrat.

»Kopf im Kreis drehen – Pfoten hoch – rudern – aufwärts – abwärts – Beuge – Knick!« befahl er streng. »Bauch auf den Boden – Beine in die Luft – wackeln – drehen – Beuge – Knick!«

Und so weiter. Die komplizierten Verbeugungen und Verrenkungen mußten haargenau gelernt werden. Iskander duldete nicht die kleinste Abweichung.

Er gab sich nicht zufrieden. Je mehr seine Macht wuchs, desto vermessener wurde er.

»Die Erde ist ein viereckiger Karton!« sollte er gesagt haben.

Oder: »Ich bin der Mittelpunkt der Welt, und die Sonne ist blau! Blau, blau, blau!«

Auf einem von unzähligen Schildern, die er auf dem Müll hatte aufstellen lassen, stand:

AUS GRÜNDEN DER ALLGEMEINEN MÜLL-
ORDNUNG HABEN SICH ALLE RATTEN, DEREN
VORNAMEN MIT F BEGINNEN, AB SOFORT ROT
ANZUMALEN!

DER MEISTER

Große Verwirrung war daraufhin eingetreten, weil sich etliche Ratten mit Namen Veronica, Volkmar, Vanessa oder Valerie als schwach in Rechtschreibung erwiesen und ebenfalls rot angemalt hatten. Ebenso einige größere Mäuse, die auf Nummer Sicher hatten gehen wollen. Iskander hatte getobt.

Jeden Abend gab er eine Vorstellung, die »Wunderbühne«. Anwesenheit war Pflicht, und jeder durfte (ob er wollte oder nicht) dort ein bißchen von der Pflanze, der »Ehrenspeise«, fressen.

Am schlimmsten aber war die neue »Isk«-Sprache, die »Ehrenzunge«, auf die Iskander bestand.

»Ehrenparade, Ehrenbeuge, Wunderbühne, Ehrenspeise, Ehrenzunge – wiskas kiskommt diskenn niskoch? Ich meine: Was kommt denn noch?«

Unter Todesangst trafen sich in dieser Nacht heimlich drei Tiere hinter einem alten Fernseher.

»Wenn nur Franz hier wäre!« seufzte Anselm inbrünstig.

»Oder Mademoiselle Pimpernelle!« seufzte die Schachtelmaus.

»Wiskir hiska ... ich meine: Wir haben sie auf dem Gewissen!« flüsterte Anselm.

»Isch bin schuld! Monsieur Doktör, verzeihen Sie mir!« schluchzte es aus der Schachtel.

»Das hilft auch nicht mehr«, seufzte Anselm. »Was können wir tun?«

Gute Frage.

»Keine Panik!« sagte Gisbert und stopfte sich ein Stück Schokolade aus Fräulein Pimpernelles Privatvorrat in den Mund. »Ich habe eine Idee.«

Anselm und die Schachtelmaus rückten neugierig näher.

»Wir warten ab!« verriet Gisbert mit wichtiger Miene. »Bis sich alle negativen Delta-Energien aus dieser Dimension verflüchtigt haben.«

Von Verflüchtigen konnte jedoch überhaupt keine Rede sein. Obwohl Iskander fortgeflogen war. (Daher auch das nächtliche Ausgehverbot.) Wie schon in den Nächten zuvor ließ ihn der Gedanke an Franz Ratte nicht los. Lebte Ratte noch? Nacht für Nacht war er bis nach Lüchtenwalde geflogen und hatte mit seinen scharfen Augen jeden Fleck am Boden abgesucht. Bis er Franz entdeckte, als er in den Gulli sprang.

Franz Ratte lebte also. Um so besser, dachte Iskander. Leider konnte er ihm nicht folgen. Die unterirdischen Kanäle, Keller und Abwasserrohre waren zu eng. Im Augenblick konnte er nichts weiter tun. Überdies wurde er langsam müde. Er mußte dringend wieder von der Pflanze fressen.

Der Rabe drehte noch einige Kreise über dem Gulli, dann flog er zum Lüchtenberg zurück.

»Ich erwarte dich, Franz Ratte!« krächzte er. »Ich freue mich schon auf das Wiedersehen!«

Die Flucht

Gespannt erwartete Fräulein Pimpernelle den nächsten Tag. Mit jeder Stunde wurde sie aufgeregter, denn vor ihrem Gefängnis tat sich allerhand. Man bereitete sich offenbar auf etwas vor, es wurde lauter da draußen, tausendfach scharrte, summte und kratzte es, zackige Märsche dröhnten durch die Verließwände.

>*»... Wir sind schwarz, so wie die Nacht,*
>*und unsere Zahl ist unsere Macht!*
>*Der Präsident ist unser Held.*
>*Bald gehört uns die ganze Welt!«*

So grölte es in stumpfem, eintönigem Takt. Der Präsident selbst schrie mit heiserer Stimme Befehle und Parolen. Die Graue Maus konnte jedes Wort verstehen.

Jeder Ausbruch des Präsidenten versetzte die Kakerlaken in rasendes Entzücken. Ein einziger schwarzer, formlos wimmelnder Haufen, der nur ein Ziel kannte: Vernichten! Vernichten oder untergehen für den Präsidenten, den sie wie einen Gott verehrten.

»... auch wenn Hunderte, wenn Tausende von euch gefressen werden – eure Zahl ist eure Macht! Ihr seid mein Volk, meine Familie, meine große, mächtige Familie! Bedingungsloser Gehorsam bis in den Untergang sei eure heilige Pflicht! Mein ist die Gnade des göttlichen Glibbers! Durch mich spricht die Große Kakerlake zu euch, durch mich spricht die einzige Wahrheit! Zieht aus und reinigt die Welt vom Ungeziefer! Schafft Platz für die Kakerlake! Fangt bei den dreckigen Ratten an, löscht alle widerlichen Mäuse aus! Baut eine neue Welt, eine schönere Welt, eine saubere Welt, eine Welt der Kakerlake, des schönsten Wesens, das Gott nach seinem Ebenbilde schuf!«

An dieser Stelle überschlug sich die Stimme des Präsidenten jedesmal vor Begeisterung über sich selbst. Der Grauen Maus verkrampfte es das Herz, das Entsetzen schauerte ihr eisig über den Rücken. Wann kam nur endlich Sansibar?

»Schafft die Maus her! Mich gelüstet nach einer kleinen Vorführung meiner unendlichen Macht!« schrie der Präsident.

»Die Maus, die Maus – holt die Maus heraus!« antwortete es ihm tausendfach.

»Ist dir kalt, oder warum zitterst du so?«

»Sansibar!« rief die Maus erleichtert. Die Spinne pendelte dicht über ihrem Kopf.

»Absolut korrekt. Oder erwartest du noch jemanden?«

»Die Kakerlaken wollen mich holen!« schrie Fräulein Pimpernelle.

»Bist ja ganz schön beliebt.«

»Das ist wohl nicht die Zeit für blöde Scherze!« sagte die Graue Maus zitternd. »Hast du alles vorbereitet?«

»Logisch. Ich bin doch Profi. Und hopp!«

Auf »hopp« surrte die Spinne an ihrem Faden herauf, um gleich wieder herabzusurren. Dabei umwickelte sie den ersten Faden mit einem frischen zweiten. Und noch mal: hopp, hinauf und wieder hinunter. Wie ein Jojo. Und gleich noch mal. Das ging gut einige Male so, bis sich der Seidenfaden der Spinne zu einem kräftigen Seil verdrillt hatte. Draußen kratzte und scharrte es. Die Kakerlaken hatten inzwischen den Eingang erreicht.

»Und jetzt?« rief die Maus.

»Na, raufklettern!« sagte die Spinne und machte es flink einmal vor.

»Klettern?« rief die Maus. »Spinne ich ... ich meine: Bin ich eine Spinne? Außerdem kommen die Kakerlaken hinterher!«

»Quatsch« widersprach die Spinne. »Ich bin dicht hinter dir und fresse das Seil wieder auf. Alter Spinnentrick. Wiederverwertbare Fäden. Prima, nicht?«

»Ich kann aber nicht schnell genug klettern!«

Sansibar stöhnte. Diese Mäuse! Immer gab es Probleme.

»Kommando – Tür öffnen!« Die Stimme einer Kakerlake. Kurz darauf quietschte die Kerkertür.

»Zuuuuugleich! Zuuuuugleich!« riefen die Schaben im Takt. Langsam bewegte sich die schwere Klappe. Schon waren die ersten Greifarme zu sehen.

»Kommst du jetzt mit mir oder mit den Kakerlaken?« fragte Sansibar ungeduldig. Mit einem durchdringenden Ächzen gab die Kerkertür nach, und die Kakerlaken drangen in das Verließ ein.

»Packt sie!«

Fräulein Pimpernelle zögerte nicht länger und hangelte sich an dem Faden hinauf. Sansibar schob sie von unten an, kletterte ihr nach und fraß dabei den Faden auf.

»Kommando – springen!« schrie der Truppführer. Die Kakerlaken sprangen, aber Sansibar hatte inzwischen bereits soviel von dem Faden gefressen, daß keine Schabe das Ende mehr erreichen konnte.

»Kommando – Schleim spritzen!«

»Schneller!« drängte Sansibar, den eigenen Faden im Maul.

»Ich kann nicht!«

»Bin ich froh, daß ich keine Maus bin!« stöhnte Sansibar. »Heilige Tarantula, worauf habe ich mich da eingelassen?«

Die Kakerlaken legten sich auf den Rücken. Sie zielten auf die Maus und preßten auf Kommando jede einen feinen Strahl des gelben Giftschleims aus ihrem Panzer. Haarscharf nur verfehlte der Schleim die Maus.

»Nieten! Noch mal!« befahl die Oberschabe. Aber inzwischen waren Sansibar und Fräulein Pimpernelle schon außer Reichweite. Der Grauen Maus schwanden allmählich die Kräfte. Sie war eine solche Kletterei nicht gewohnt; immerhin war sie von Haus aus eine Feldmaus, keine kaukasische Gebirgsmaus! Aber sie riß sich zusammen und kletterte verbissen weiter. Sie dachte an Franz. Dieser Gedanke gab ihr Kraft.

Die Kakerlaken erkannten, daß sie die beiden nicht mehr erreichen konnten.

»Weg abschneiden!« brüllte die Oberschabe und stürmte ihrem Trupp voran aus dem Kessel.

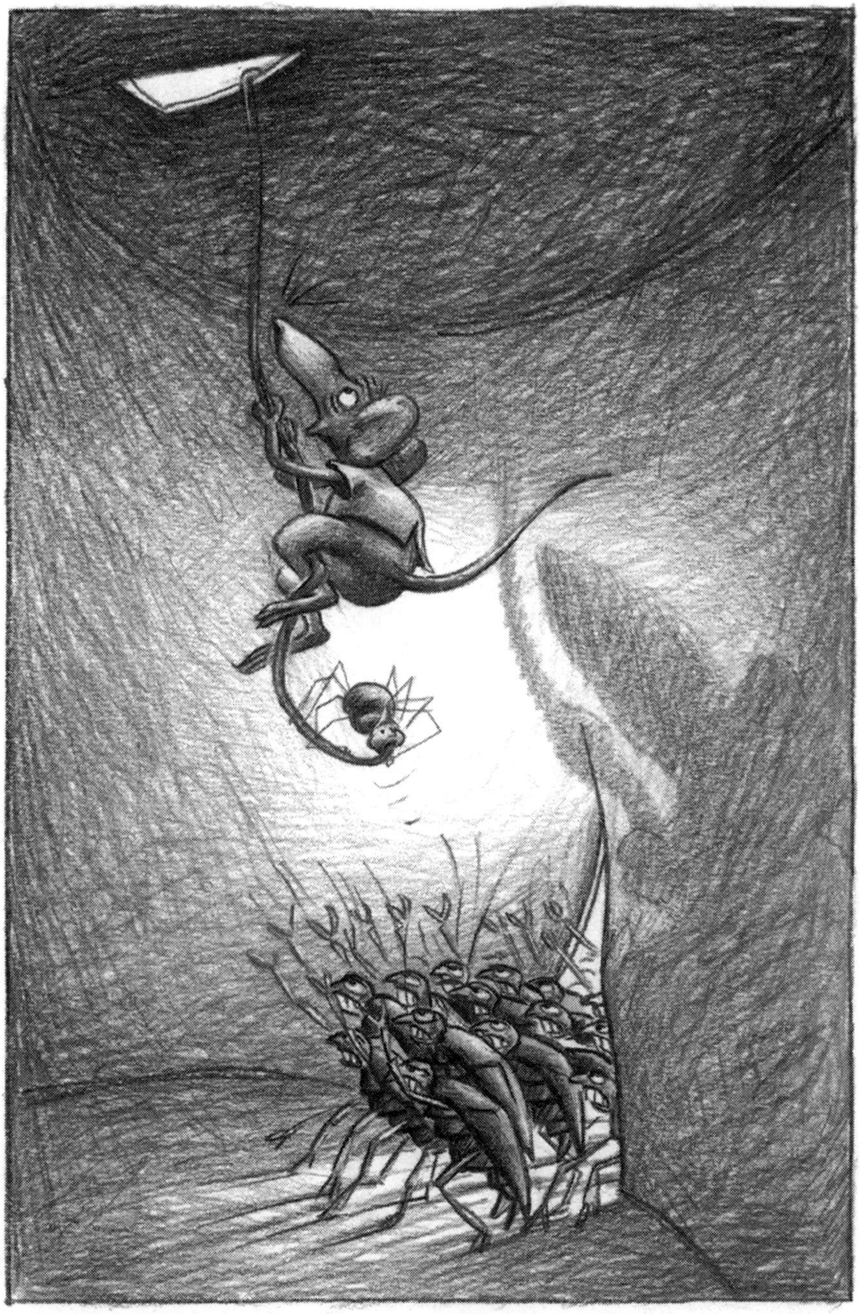

»Was ist da los?« brüllte der Präsident von draußen. »Warum dauert das so lange?«

»Keine Sorge, Exzellenz, wir haben sie gleich!« beeilte sich der Anführer, den Präsidenten zu beruhigen.

»Ich will sie sofort haben!« schrie der Präsident. »Verstärkung!«

Auf diesen Ruf strömten von allen Seiten noch mehr Kakerlaken zusammen und scharten sich um den Kessel. Sansibar schlüpfte gerade durch das kleine Lichtloch an der Kesseldecke. Für Fräulein Pimpernelle jedoch war es zu klein! Die Graue Maus versuchte, sich durchzuzwängen, blieb aber mittendrin stecken.

»Die scheinen dich ja gut gefüttert zu haben!« sagte Sansibar. »Und nun?«

»Da sind sie!« rief eine Kakerlake von unten. »Sie stecken fest!«

Wie eine schwarze Flut begannen die Schaben, den Kessel von außen zu erklimmen. Das rostige Metall gab genug Halt für die starken Greifarme.

»Mehr Publikum als zu meinen besten Zeiten!« rief Sansibar.

Fräulein Pimpernelle ächzte und fluchte wie eine Ratte.

»Hilf mir!« schimpfte sie.

Leicht gesagt. Nur wie? Zum Glück entpuppte sich Sansibar wirklich als Vollprofi in ihrem Fach. Ein schneller Blick nach unten zu den Kakerlaken, ein kurzer Blick nach oben zu einem dünnen, verrosteten Wasserrohr – und die Spinne wußte, was zu tun war. So schnell sie konnte, umwickelte sie Fräulein Pimpernelle mehrfach stramm mit einem Seidenkokon, genauso wie sie es für gewöhnlich mit ihren Mahlzeiten tat. Dann kletterte sie flink auf das Wasserrohr, wobei sie einen Faden hinter sich her zog. Von dem Rohr ließ sie sich herab bis kurz über das Kakerlakengewimmel. Gerade so dicht über ihnen, daß die Schaben den Faden ergreifen konnten, ohne die Spinne zu erwischen. Eilig flitzte Sansibar wieder hinauf zum Wasserrohr und von dort hinunter zur Maus, wobei sie den ersten Faden auf bewährte Weise wieder mit einem zweiten umwickelte.

»Zwei Fäden müssen reichen!« keuchte sie. »Noch mal lasse ich mich da nicht runter!« Sansibars Rechnung ging auf.

»Ah, ein Faden!« schrie die Oberschabe. »Kommando – klettern!«

Die Kakerlaken kletterten geradewegs zu Sansibar und der Grauen Maus hinauf. Ihr Gewicht zerrte an dem Seil, das über das Wasserrohr umgelenkt wurde. So zogen die Kakerlaken ungewollt an der eingewickelten Maus, so fest, daß die Verklemmte langsam aus dem Loch gezerrt wurde. Wenn nur der Faden hielt!

Er hielt! Mit einem leichten »Plopp« flutschte die Maus plötzlich durch das Loch hoch bis unter das Wasserrohr. Wie ein Bergsteiger im Sicherheitsgurt pendelte sie im Kokon unter dem Rohr. Sansibar zerrte sie hinauf und zerbiß eilig Faden und Kokon. Die Kakerlaken, die sich schon bedrohlich hoch gearbeitetet hatten, stürzten auf der Stelle ab.

»Wünsche harte Landung!« feixte Sansibar ihnen nach.

Fräulein Pimpernelle pfiff bewundernd durch die Zähne (hatte sie von Franz gelernt).

»Sansibar, du bist wirklich ein Profi.«

»Kleinigkeit«, sagte die Spinne lässig, aber man sah ihr an, wie sehr sie das Kompliment genoß.

»Hast du das schon oft gemacht?« fragte die Maus.

»Noch nie«, gestand Sansibar. »Ganz ehrlich wußte ich auch nicht, ob's klappt!«

Fräulein Pimpernelle wurde blaß. Das erste Mal!

»Ach ja?« hauchte sie mit einem Blick in die Tiefe, wo die Kakerlaken in dem Kessel tobten. Ihr wurde schlecht. Jetzt erst sah sie, wo man sie gefangen gehalten hatte. Der Kessel war Teil eines riesigen Gewölbes, vollgestopft mit Teilen einer uralten, kaputten Maschine. Geplatzte Heizkessel, verrostete Tanks, zerborstene Pumpen in allen Größen standen herum, verbunden durch Rohre, die sich vielfach umeinander schlangen und sich wirr durch den Raum wanden. Wasser tropfte aus großen Rostlöchern auf den Boden, der bedeckt war von Kakerlaken. Tausende! Fräulein Pimpernelle stockte der Atem. In der Mitte des Raumes stand eine Eisentonne mit einem Totenkopfetikett. Oh, wie gut kannte Fräulein Pimpernelle diese Tonne. Davon hatte es einst Dutzende auf dem Lüchtenberg gegeben, voll mit Glykolisofluortetranol, dem tödlichen Schleim, dem »göttlichen Glibber«. Auf der Tonne thronte furchterregend und mächtig der Präsident. Er ruderte gebieterisch mit seinen scharfen Greifarmen und schrie Befehle.

»Fangt sie! Holt sie da runter! Lebendig oder tot, egal! Ich will sie haben!«

Nun sahen Sansibar und Fräulein Pimpernelle, wie der formlose schwarze Haufen sich teilte und über Rohre, Leitungen und Kabel zu ihnen hinaufzuklettern begann.

»Zeit zu verduften«, sagte Sansibar.

»Und wohin?«

»Habe alles vorbereitet. Mitkommen!«

Sansibar sauste los, das Wasserrohr entlang. Fräulein Pimpernelle lief ihr nach, was nicht gerade einfach war, denn das Rohr war schmal, und an vielen Stellen gähnten große Rostlöcher in dem Metall. An einer Stelle kreuzte sich das Rohr mit einem anderen. Sansibar zeigte nach unten.

»Und hopp!« sagte sie. Fräulein Pimpernelle verstand nicht. Sansibar zeigte wieder nach unten. Dort, in schier unendlicher Tiefe, ganz winzig von hier oben, hatte sie ein kleines Netz gesponnen.

»Wie bitte?« fragte die Maus. »Ich soll ...«

»Springen, genau!«

»Niemals!«

Sansibar hob bedauernd ihre Spinnenbeine.

»Gibt's keinen anderen Weg?« hauchte Fräulein Pimpernelle. Sansibar schüttelte den Kopf. Die Graue Maus nickte stumm, blickte nochmal hinunter, seufzte laut, dachte an Franz – und sprang.

Sie landete nach einem Fall, der ihr unendlich lang vorkam, genau im Netz. Sansibar selbst ließ sich sicher an einem Faden herab.

»Warum bist du nicht gesprungen?« fragte die Maus, während ihr Herz noch wie wild pochte.

»Ich hatte Angst«, meinte die Spinne und grinste.

»Also ...«, setzte Fräulein Pimpernelle zu einem wütenden Protest an, doch Sansibar drängte weiter. Noch waren sie nicht außer Gefahr. Die Kakerlaken kamen von allen Seiten näher. Sie befanden sich fast auf gleicher Höhe, nur noch wenige Rohre und Leitungen trennten sie. Doch Sansibar hatte alles perfekt vorbereitet. Zwischen die Rohre hatte sie an vielen Stellen mit ihrem dehnbaren, hochfesten Faden Strickleitern, kleine Hängebrücken, Sprungnetze und Kletterseile gespannt. An-

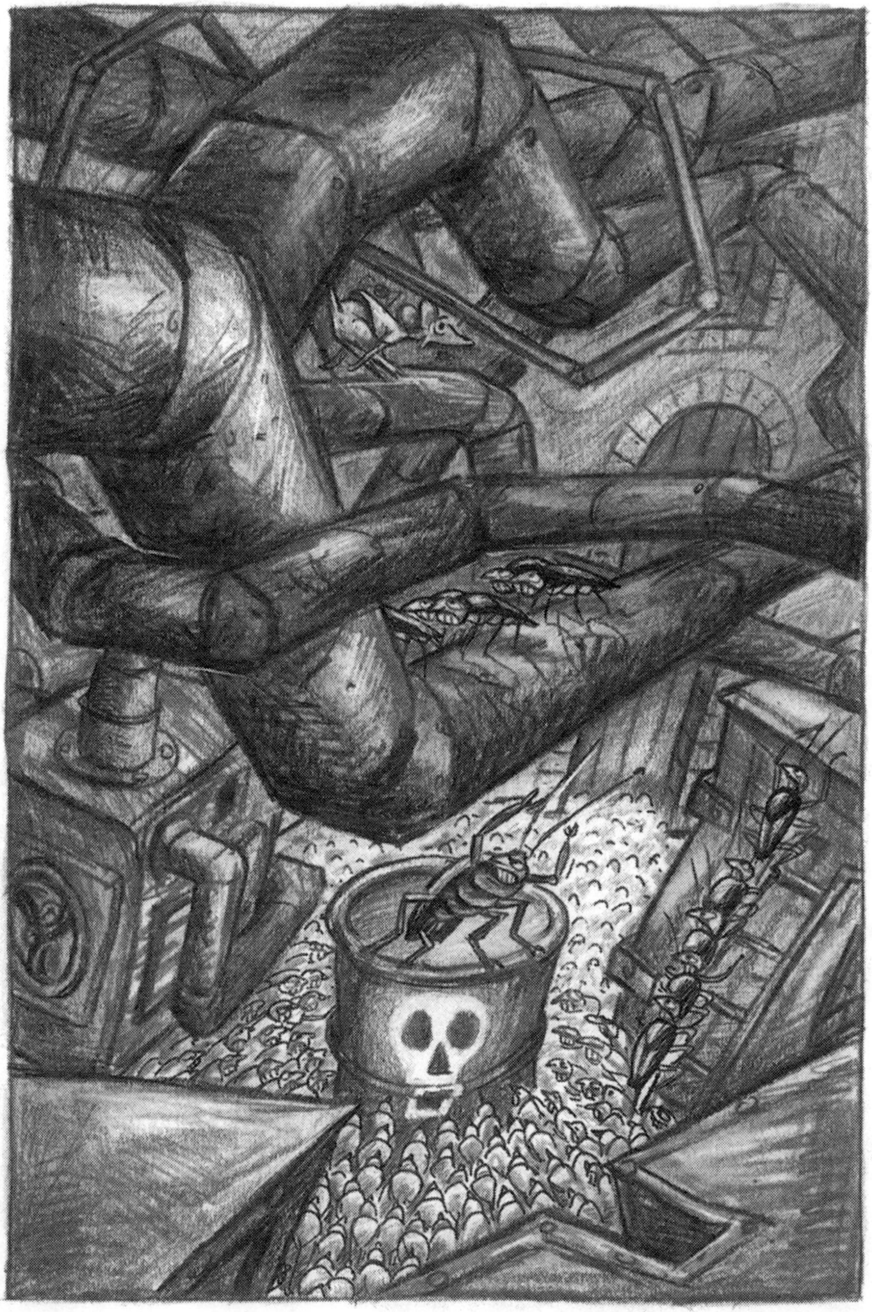

mutige, phantastische kleine Wunderwerke der Spinnweberei, die nur einem Zweck dienten: der Flucht.

Sansibar und Pimpernelle flohen über die zarten, aber stabilen Spinnwebkonstruktionen. Sie rannten über Rohre, sprangen in Sprungnetze, liefen über waghalsig gespannte Hängebrücken und kletterten an schwindelnd langen Strickleitern. Hinauf und hinunter. Doch die Kakerlaken fanden immer neue Wege, sich ihnen zu nähern. Sie schienen jeden Winkel des Gewölbes genau zu kennen. Manchmal sah es aus, als ob sie Umwege machten oder abdrehten, aber dann erklommen sie einen Mauervorsprung oder ein baumelndes Stromkabel und waren plötzlich viel näher als vorher.

»Wohin fliehen wir überhaupt?« keuchte die Graue Maus.

»Es gibt viele Ausgänge«, erklärte Sansibar, »aber nur einer ist unbewacht.«

Die Spinne zeigte auf einen kleinen Mauerspalt, dicht unter der Decke, den Fräulein Pimpernelle allein nie entdeckt hätte. Es war nicht mehr weit.

Doch der Präsident hatte ihre Absicht durchschaut und kommandierten seine Kakerlakenhorden andersherum.

»Ich bin schlauer als ihr!« brüllte er ihnen hinterher.

Ausgerechnet in diesem Moment paßte Fräulein Pimpernelle nicht auf und trat daneben. Mit einem spitzen Schrei rutschte sie die Strickleiter hinab. Nur mit einem beherzten Griff gelang es der Maus, sich noch an einem Rettungsfaden festzuhalten. Sansibar hatte wirklich an alles gedacht. Ein Vollprofi!

»Alles in Ordnung?« rief die Spinne von oben.

Die Graue Maus nickte stumm. Der Schreck saß ihr in den Gliedern. Von wegen alles in Ordnung! Durch den Absturz hatten sie kostbare Zeit verloren.

Fräulein Pimpernelle verdoppelte noch einmal ihre Kräfte und kletterte, so schnell sie noch konnte. Als sie Sansibar erreicht hatte, hatten es aber auch die Kakerlaken von der anderen Seite geschafft.

»Jetzt sitzen sie in der Falle!« kreischte der Präsident von unten. »Ergreift sie! Aaaaatacke!«

»Siegen oder enden – für den Präsidenten!« grölten die Kakerlaken.

Sie krabbelten im Sturmtempo. Fräulein Pimpernelle konnte ihre furchtbaren Greifer schaben hören.

»Los, hier durch!« rief Sansibar und zeigte auf ein kleines Loch in der Wand.

Ohne lange zu überlegen, schlüpfte die Graue Maus durch das Loch, das in einen breiteren Gang mündete. Fauliger Geruch schlug ihr entgegen. Von hinten hörte sie Tumult.

»Sansibar?«

»Lauf!« schrie die Spinne. Und das tat die Graue Maus. Allein der Gedanke an die Kakerlaken ließ sie ihre Beine bewegen. Sie rannte in das ungewisse Dunkel des Ganges, rannte, als wäre sie nicht längst am Ende ihrer Kräfte. Der Gang machte Knicke und Biegungen, kreuzte andere Gänge, fiel steil ab und zog sich im nächsten Moment wieder schwungvoll nach oben. Die Graue Maus rannte. Sie rannte, ohne zu wissen, wohin.

Warm wie ein Sommertag

Fräulein Pimpernelle wußte nicht, wie lange sie schon gelaufen war. Sie konnte nicht mehr. Ihr Herz pochte, als wollte es ihr aus dem Leib hüpfen, sie bekam kaum noch Luft, die Beine zitterten.

Als sie sich ein bißchen beruhigt hatte, lauschte sie angestrengt in alle Richtungen. Kein Geräusch, nur ihr eigenes Keuchen, das an den Wänden widerhallte. Fräulein Pimpernelle dachte an Sansibar. Die Spinne war nicht nachgekommen. Hatten die Kakerlaken sie erwischt, oder hatte sie nur einen anderen Weg genommen? Die Graue Maus zwang sich, nicht an das Schlimmste zu denken. Völlig am Ende, lehnte sie sich jetzt an die Wand und schloß die Augen.

Ein Geräusch weckte sie. Mit einem leisen Schrei schreckte die Maus auf. Sie war eingeschlafen, obwohl sie verfolgt wurde! Sie schimpfte sich eine ausgemachte Blödmaus! Wieviel Zeit war wohl vergangen? Minuten? Stunden? Vielleicht gar ein ganzer Tag?

Das Geräusch kam näher. Fräulein Pimpernelle wagte nicht zu atmen. Was war das? Eine Falle, dachte die Graue Maus, sie stellen mir eine Falle. Sprungbereit und zu allem entschlossen, wartete sie auf das, was da gleich um die Ecke biegen würde.

Franz wanderte durch die Unterwelt der Kanäle. Immer tiefer. Tief genug allmählich, wie er fand. Er war zunächst in eine stinkende Abwasserbrühe geplatscht. Eine kräftige Strömung hatte ihn fortgeschwemmt und durch zahllose Kanäle gespült. Nur mit Mühe hatte Franz sich auf ein kleines Sims knapp über dem Wasserspiegel retten können. Damit aber nicht genug.

»Hick!« schallte es durch den Gang. »Hick! Hick! Hick!«
Schluckauf! Franz hatte soviel gefressen, daß er zunächst ständig hatte rülpsen müssen. Normal! Die Rülpser waren bald jedoch von diesem vermaledeiten Schluckauf abgelöst worden, den er mit keinem Trick loswurde. Auf den Kopf stellen und bis hundert zählen, Luft anhalten und summen, zwanzig Kniebeugen, Kasatschok tanzen, sich selbst erschrekken – nichts half.

»Sowas – hick! – Blödes!« schimpfte er halblaut vor sich hin. »Kreuzkakerlakenverfluchtundausgepreßterstinktiersirup! – Hick!« Da auch Wettfluchen nichts nutzte, schlug Franz sein Notizbuch auf. Seite 115.

»Habe – hick! – tödlichen Schluckauf«, murmelte er beim Schreiben. »Außerdem beim – hick! – Schwimmen im Kanal mit – hick! – mit Bakterien verseucht. Und mit – hick! – wer weiß noch Schlimmerem. Die Flamme des – hick! – Genies brennt kurz, aber dafür um so leuchtender! Hick!«

Voll ehrlichstem Selbstmitleid klappte er das Notizbuch zu und setzte seinen Weg fort. Es gelang ihm, von dem Sims zu einem Mauerspalt zu klettern, der in einen trockenen Gang führte. Er stieß vor in riesige Hallen, endlose Gänge, an deren Decken sich Rohre entlangzogen und alte Lampen schwach gegen die Dunkelheit anfunzelten. Er sah breite Abwasserströme; einmal sogar eine Horde Kanalratten, die angriffslustig zu ihm herüberbrüllten. Widerliche Typen!

Franz mußte oft an die Mutanten denken, die er auf dem Lüchtenberg zurückgelassen hatte. Sie hätten diese finstere Gegend vermutlich urgemütlich gefunden. Er hatte ein schlechtes Gewissen, aber da war nichts zu ändern.

Anderen Tieren als den Kanalratten begegnete Franz nicht. Aber, und das war viel entscheidender, er fand eine Spur. In einem Lüftungsrohr stieß er auf eine gelbe Schleimpfütze. Unzweifelbar G.I.F.T. Also hatte Husten recht gehabt! Am Ende des Rohres entdeckte er eine zweite Pfütze. Franz hielt den Atem an. Aus gesundheitlichen Gründen. Aufmerksamer als zuvor schaute er sich fortan um, und nach und nach fand er immer mehr Hinweise auf Kakerlaken: Mal ein bißchen Schleim, mal ein abgeschuppter Schabenpanzer. Sie waren hier irgendwo in der Nähe.

Er erreichte hicksend die nächste Ecke, wo sich sein Gang mit einem anderen kreuzte, als er überfallen wurde! Ein zähneknirschendes und fauchendes Ungeheuer warf sich auf ihn, trat und schlug mit hundert Armen und Beinen, biß und spuckte Gift und Galle. Ratte erschrak so sehr, daß sein Schluckauf schlagartig verflog. Er wehrte sich, so gut er konnte, aber gegen diese Furie hatte er keine Chance.

»So leicht kriegt ihr mich nicht!« kreischte das Ungeheuer.

»Ich ergebe mich!« schrie Ratte.

»Franz?« rief das Ungeheuer und ließ sofort von ihm ab. Ratte traute seinen Augen und Ohren nicht.

»Pimper?« flüsterte er fassungslos.

»Oh, Franz!« jubelte die Graue Maus und warf sich über ihn, diesmal aber, um ihn zu umarmen und zu küssen. Und diesmal dachte Franz gar nicht daran, sich zu wehren. Träumte er, war das schon das Delirium nach schwerer Schmutzbakterienverseuchung? Kein Zweifel: die Graue Maus.

»Oh Franz, oh Franz!« rief sie immer wieder.

»Äh ... hallo Pimper, mein Schluckauf ist weg«, sagte Ratte.

»Ach, du Blödmann!« rief Fräulein Pimpernelle, aber ihre Augen sagten ganz etwas anderes.

In aller Kürze berichteten sie sich, was sie erlebt hatten.

»Erzähl keine Märchen, Pimper!«

»Tss!« machte Fräulein Pimpernelle nur.

»Naja«, meinte Ratte. »Wenn du dich nicht selbst befreit hättest, wäre ich bald gekommen. Hatte schon alles genauestens geplant.«

»Du hast mich gesucht, Franz? Dann hast du die Warnung in dem Brief verstanden?«

»Was denkst du denn, Pimper! Natürlich sofort!«

»Natürlich«, flüsterte die Graue Maus glücklich und strahlte Franz an. Warm wie ein Sommertag.

»Was starrst du mich so an?« fragte Franz. »Sehe ich etwa krank aus, hab ich da was? Ausschlag? Schuppen? Verseuchungspickel?« Besorgt tastete er an seinem Gesicht herum.

Zeit für langes Pfotendrücken blieb jedoch nicht. Von fern näherte sich etwas.

»Das sind sie!« rief die Maus. »Sie sind mir gefolgt!«

»Oder meinem Schluckauf«, sagte Franz. »Los, Pimper, komm!«

Ratte nahm die Graue Maus bei der Pfote, und gemeinsam rannten sie weiter. Das unheimliche Geräusch blieb ihnen dicht auf den Fersen, ohne daß sie irgend jemanden sahen.

»Sie kommen von allen Seiten, Franz!« rief Fräulein Pimpernelle. Genauso hörte es sich an.

Ziellos rannten Franz und die Graue Maus kreuz und quer durch die Gänge, bogen wahllos ab, eilten weiter, nahmen hier ein Lüftungsrohr oder dort einen Kanalzufluß.

»Franz, hier kommen wir nie mehr raus!« keuchte die Maus.

»Quatsch!« rief Ratte. »Ich kenne mich aus! Hier entlang!« Er zog Fräulein Pimpernelle in den nächstbesten Seitengang. Eine Sackgasse. Endstation. Ringsum nur steil aufragende Wände. Kein Schlupfloch, kein rettender Mauerspalt.

»Zurück!« rief Franz, doch zu spät. In diesem Moment schwoll ein brausender Sturm durch den Gang. Ein heulender Luftsog zerrte an Franz und der Grauen Maus. Es klang wie ein ganzer Chor kaputter Staubsauger.

»Franz, was ist das?« schrie die Fräulein Pimpernelle. »Ist das ... das Ende?«

Franz nickte. Er drückte die Pfote der Maus noch fester.

»Also, Pimper ...«, schrie er gegen den Sog, der machtvoll an ihnen zerrte, »... was ich dir schon lange mal wieder sagen wollte ...«

»Ja?« rief die Maus.

»Also, ich ...«

Fräulein Pimpernelle erfuhr nicht mehr, was Franz ihr gestehen wollte, denn plötzlich ebbte der Sog mit einem entsetzlichen Nieser ab, der schaurig von den Wänden widerhallte.

»Verfluchter Schnupfen!« keuchte eine Stimme. Sie kam Franz merkwürdig bekannt vor. Schniefend und röchelnd wand sich ein Rüssel um die Ecke. Aus seinem Rüsselmaul tropfte es. Kein Zweifel – es war *der* Rüssel!

»Vertrage dieses feuchte Kellerklima nicht. Auswandern wäre das beste für mich. Ein warmes Land mit vielen verstopften Abflüssen – das wäre das Paradies! Haaaaa-tschii!«

Er entdeckte Franz und Fräulein Pimpernelle.

»Oh, hoppla, wen haben wir denn da?« rief der Rüssel und schniefte geräuschvoll. »Ist das nicht die fliegende Ratte?«

»Er kennt dich!« hauchte die Graue Maus beklommen.

»Laß mich nur machen!« flüsterte Franz ihr zu. »Äh ... hallo, KA-21, schön, dich zu sehen!« rief er betont fröhlich. »Also, weißt du, es tut mir wirklich furchtbar leid, also, daß ich euch vergessen habe, haha, kleiner Scherz, reingefallen, habe euch natürlich nicht vergessen, wer könnte euch schon vergessen, wirklich, aber weißt du, also, es gab da so ... äh ... so verschiedene Umstände, die mich zwangen, naja, kennst du ja selbst: Aufregung, Krankheit, Vollmond, der Wetterumschwung, die allgemeine Weltlage, außerdem ist es zur Hälfte auch eure Schuld, also mindestens, naja, ich, Franz Ratte, verzeihe euch, Schwamm drüber, will mal nicht kleinlich sein, jedenfalls kein Grund, uns zu fressen, und ...«

Aber der Rüssel hörte ihm gar nicht zu. Er hatte Rattes Begleiterin erkannt und nur noch Augen für die Graue Maus, die sich in Todesangst an Franz klammerte.

»Das ist sie!« schwabbelte er und rutschte verlegen hin und her.

»He, AV-36, LS-4, kommt schnell, es ist hier, es ist hier!« rief er.

»Wen meint er?« fragte Fräulein Pimpernelle, am ganzen Leib zitternd.

»Ach ja«, ächzte Franz mit säuerlicher Miene. »Das, äh ... hatte ich ganz vergessen, dir zu erzählen. Tja, Pimper, äh ... du mußt jetzt sehr stark sein. Wie soll ich beginnen? Hm, du kennst doch bestimmt das Märchen von der Schönen und dem Biest. Wie heißt es so schön: Gegensätze ziehen sich an. Die Liebe ... naja, so ist halt der Lauf der Natur. Äh, wo war ich stehengeblieben? Schau mich doch nicht so an! Ich kann nichts dafür, Pimper, wirklich nicht!«

Die Ankunft der beiden anderen Mutanten beendete vorerst sein Gestammel. AV-36 schwebte würdig, zu vollem Umfang aufgeblasen, um die Ecke, und der Langsame Säureschleimer glibberte mit nasser Spur aufgeregt hinterher. So standen oder schwebten sie jetzt vor der Grauen Maus. Ehrfurchtsvoll und schweigend. Franz beachteten sie nicht.

»Darf ich vorstellen«, rief Franz, der das peinliche Schweigen nicht mehr aushielt. »Pimper, das sind KA-21, AV-36 und LS-4. Sehr charmante ... Mutanten. Ich hatte bereits das Vergnügen. Liebe Mutanten, ich stelle vor: Fräulein Pimpernelle, die Graue Maus!«

»Ooohh!« machten die Mutanten nur.

Allmählich begriff Fräulein Pimpernelle. Eine Gänsehaut kräuselte ihr seidiges Fell.

»Was wird hier eigentlich gespielt?« fragte sie. Ihr Ton war scharf wie Löwensenf mit Peperoni. »Was wollen diese ... diese Monster von mir?«

Franz hustete verlegen.

»Sie, äh ...«

»Ich höre, Franz!«

»Sie ... sie sind in dich verliebt!« Es war heraus!

»Sie ... sie sind in mich verliebt?«

»Sie halten dich für das schönste Wesen auf der Welt.«

»Mich?«

Franz nickte. Ängstlich schielte er auf Fräulein Pimpernelles Reaktion. Was immer er jedoch erwartet haben mochte, es kam ganz anders.

»Wie süß!« rief die Graue Maus, und ihre Gänsehaut verschwand augenblicklich. »Wie süß!«

Total ätzend!
(Franz erzählt)

»Wie bitte?« Ich, Franz Ratte, traute meinen Ohren nicht.

»Ich fühle mich sehr geschmeichelt!« sagte Pimper kokett und bedachte die Mutanten mit huldvollen Blicken. Die drei Fehlkonstruktionen wußten vor Verlegenheit nicht mehr, wohin sie noch blicken sollten.

»Sag was!« zischte der Langsame Säureschleimer ihren Wortführer, den Rüssel, an.

»Ich ... wir ... also, du ...«, stammelte der Rüssel.

»Es ist mir eine Ehre, eure reizende Bekanntschaft zu machen«, sagte Pimper. »So etwas Reizendes habe ich noch nie gehört. Auch nicht von dir, Franz.«

Und das mir, Franz Ratte, mir, dem genialsten Komplimenteerfinder der Welt! Mäuse!

Ich war jedoch heilfroh über die Entwicklung der Dinge. Aus gesundheitlichen Gründen. Die Mutanten machten weiter kein kleinliches Theater darüber, daß ich sie vergessen hatte, nachdem sie von Pimpers dramatischer Entführung erfahren hatten. (Naja, sie übertrieb wieder mal ziemlich. Typisch!) Die Mutanten hatten noch lange Zeit am Ufer gewartet, bis sie sich enttäuscht wieder in den See zurückgezogen hatten. Danach war ihnen ihr unterirdisches Leben noch viel trostloser und nutzloser vorgekommen (logisch, ohne mich!). Traurig hatten sie das Gewirr der Kanäle durchstreift. Einsame Wanderer, getrieben von Sehnsucht ... (Ich bin ein Dichter, wußte ich schon immer!) Auf verschlungenen Wegen waren sie bis hier gekommen. »Hier« mußte nach Hustens Karte direkt unterhalb von Lüchtenwalde sein. Wie gebannt lauschten die Mutanten jetzt Pimpers ausführlichen Erzählungen.

»Und wer hat es gefunden? Wem habt ihr wieder alles zu verdanken?« frohlockte der Rüssel.

»Na, dir natürlich«, sagte der Ballon, der immer noch würdevoll aufgepumpt war. Der Angeber!

»Jaja, nur dir!« bestätigte auch das Spiegelei.

»Wie immer!« triumphierte der Rüssel.

Jedes Wort der Grauen Maus saugten die Mutanten gierig auf, so sehr bezauberte sie das »schönste Wesen«. Pimper ist ja wirklich nicht häßlich, überhaupt nicht, aber »schönstes Wesen« fand ich doch reichlich übertrieben. Lächerlich. Ich, Franz Ratte, war ja schließlich auch noch da! Mein würdevolles Gesicht zeigte vernichtende Herablassung.

Die Höhe aber war, daß sie mich überhaupt nicht mehr beachteten. Und wenn ich, Franz Ratte, eines noch weniger leiden kann als Katzen und Widerworte, dann ist es Nichtbeachtung.

»Meldet euch nur, wenn ich störe«, sagte ich kühl, doch niemand antwortete mir.

»Will euch auf keinen Fall bei eurer wichtigen Unterhaltung stören!« sagte ich etwas lauter. Keine Reaktion. Na gut, dachte ich.

»Ich bin so gut wie unsichtbar!« schrie ich. Ha! Nun verstummte das Süßholzgeraspel. Alle blickten mich an.

»Was hat er?« fragte AV-36, der Ballon.

»Blähungen«, meinte der Rüssel. »Die Wurzel allen Übels.«

So eine Unverschämtheit!

»Oder ein akuter Schleimstau«, vermutete LS-4, der sich mit dieser Art Problem auszukennen schien. Ich war kurz davor zu explodieren.
»Ach, Franz!« rief Pimper und klatschte in die Pfoten. »Sind sie nicht entzückend?«
»Sehr entzückend!« brummte ich und zog ein Gesicht.
»Franz, du bist ja eifersüchtig!« freute sich die Maus.
»Quatsch mit Käse!« schnauzte ich. »Eifersucht, was ist das? Kenne ich nicht, das Wort, nie gehört.«
Also wirklich! Und selbst, wenn ich es kennen würde, würde es nicht zutreffen. Nicht für Franz Ratte, und schon gar nicht für mich.
»Bin nicht eifersüchtig, war es nie, werde es nie sein«, rief ich. »Krank bin ich, Pimper, sehr krank, jawohl. Der Magen, verstehst du, der Blutdruck, das Zittern in den Beinen, das Flimmern vor den Augen ...« Ich röchelte laut. »Sehr krank, hörst du? Bräuchte eigentlich Ruhe und Pflege. Aber ich, Franz Ratte, werde mit letzten Kräften tapfer durchhalten, bis ich dich gerettet habe, Pimper. Unterhaltet euch ruhig, die Zeit drängt zwar, aber ich werde nicht stören, sondern still vor mich hin siechen.«
Eine große Rede, die sichtlich Wirkung zeigte.
»Eindeutig Blähungen!« wiederholte der Rüssel.
»Du hast ja recht, Franz«, meinte Pimper. »Zum Plaudern ist keine Zeit. Wir müssen dringend ...«
»... nach Hause!« sagte ich.

»Nein«, widersprach Pimper. »Erst müssen wir Sansibar retten. Mich graust, wenn ich daran denke, daß Sansibar womöglich in die Klauen der Kakerlaken gefallen ist.«

»Ist das deine Lakritzbekanntschaft, dieser Sansibar?« fragte ich.

Pimper verdrehte die Augen. Das schätze ich, wohlgemerkt, gar nicht, aber es ist ihr nicht auszutreiben. So sind Mäuse eben. Frech und vorlaut.

»Mein lieber Franz«, erklärte sie. »Erstens gibt es keine Lakritzbekanntschaft, und zweitens ist Sansibar eine Sie und kein Er.«

»Hm«, sagte ich, schon etwas beruhigt. »Ohne meine wertvolle Erfahrung bist du aufgeschmissen, Pimper. Wenn hier irgendwer irgendwen rettet, dann doch wohl ich, Franz Ratte, der größte Mäuseretter, Mutantenbändiger, Kakerlakenvertreiber und Spinnenbefreier aller Zeiten!«

»Genau!« seufzte die Maus.

Na, bitte! Hatte sie also doch verstanden!

»Kakerlaken?« meldete sich der Rüssel.

»Die kleinen schwarzen Knackdinger?« fragte der Ballon.

»Kennen wir«, sagte der Rüssel schmatzend. »Sehr bekömmlich.«

»Eine knusprige Spezialität!« rief der Säureschleimer.

»Wir begleiten euch!« entschied der Rüssel.

»Wir auch!« rief der Säureschleimer.

Dank Hustens Karte und meiner genialen Orientierungsgabe ging es nun zügig voran durch das Labyrinth der unterirdischen Gänge.

»Die nächste links!« las ich in Hustens Karte.

»Es geht aber nur nach rechts«, sagte Pimper.

»Dann eben rechts.«

Das war Spürsinn!

»Denen werden wir es aber zeigen, diesen Kakerlaken!« rief ich schwungvoll. Das sollte den anderen Mut machen. »Wir gehen da rein, machen kurzen Prozeß, holen die Spinne und befreien den Lüchtenberg!«

»Du, Franz«, hauchte Pimper. »Ich habe ein bißchen Angst.«

»Normal«, erwiderte ich. »Du bist ja auch eine Maus. Bleib dicht bei mir, Rattenmut reicht für zwei.«

Sofort drängte sie sich an mich. Ich spürte ihr Herz aufgeregt schlagen. Ein schönes Gefühl. Wenn sie sich so an mich drängt, freue ich mich stets, eine Ratte zu sein. Muß ich mal erforschen, warum.

Die Höhlen, Gänge, Rohre und Kanäle hallten wider von seltsamen Geräuschen. Es gluckste, gluckerte, tropfte und platschte. Ich glaubte, das tausendfache Scharren von kleinen Füßen zu hören. Und manchmal war mir, als hörte ich einen scharfen Befehl. Alles Einbildung, sagte ich mir jedoch. Bestimmt die ersten Anzeichen für das berüchtigte Kellerfieber. Hier unten, im ewigen schummrigen Dämmerlicht, verlor sich die Zeit. Selbst ich, Franz Ratte, wußte nicht mehr, wie lange wir gelaufen waren, als der Rüssel plötzlich anhielt.

»Pst!« warnte er. »Wir sind ganz in der Nähe!«
»Aber in der Karte steht ...«, wandte ich ein.
»Es ist hier!« widersprach der Rüssel. »Ich weiß es!«
Vorsichtig schlichen wir weiter.
»Höre nichts«, flüsterte ich. Mein Hals kratzte, und meine Knie zitterten. Ich bekam offenbar hohes Fieber. Mit höchster Vorsicht lugten wir um die nächste Ecke und blickten in eine riesige Höhle. Das Lager der Kakerlaken. Pimper schrie auf.
»Sie sind weg!«
Die Höhle mit den verschlungenen Rohren und alten Maschinen und Kesseln lag verlassen vor uns. Nicht eine einzige Schabe war zu sehen.
»Wie schade!« seufzte der Rüssel.
»Ob wir sie beleidigt haben?« fragte LS-4, der ja in dieser Beziehung sehr empfindlich war.
»Auf keinen Fall«, meinte der Ballon. »Wir haben sie nur gefressen, aber niemals beleidigt.«
»Bestimmt eine Falle«, vermutete ich. »Einer muß vorgehen. Wer meldet sich freiwillig?«
Niemand! Hätte ich mir ja denken können.
»Ich will mich nicht vordrängen«, nuschelte der Säureschleimer beim Anblick des verlassenen Kellers.
»Bitte, nach euch!« sagte der Ballon bescheiden.
»Der Jugend eine Chance!« rief der Rüssel.

»Verstehe«, sagte ich. »Bleibt mal wieder alles an mir, Franz Ratte, hängen. Wie immer.«

»Sei bloß vorsichtig, Franz!« sagte Pimper.

»Wenn du sie siehst, mach einfach kurzen Prozeß!« riet mir der Ballon. Besten Dank!

Mein Schicksal und meine Gutmütigkeit verfluchend, wagte ich mich zögernd um die Ecke und schlich geduckt in die Höhle. Die Blicke der Mutanten und der Grauen Maus folgten mir. Aber seltsam, mir war, als ob das nicht die einzigen Blicke waren. Sorgsam auf jedes Geräusch achtend, nach allen Seiten spähend, tastete ich mich Schritt für Schritt vorwärts.

Überall sah ich Spuren der Kakerlaken, sogar einige gelbe Schleimpfützen, um die ich aus gesundheitlichen Gründen einen großen Bogen machte. Tausende mußten hier gewesen sein. Aber wo waren sie jetzt? Lauerten sie hinter dem Rohr dort rechts? Erwarteten sie mich hinter dem umgestürzten Eimer da vorne? Ich rechnete jeden Augenblick mit dem Schlimmsten. Doch nichts passierte. Es hatte den Anschein, als wären die Schaben in großer Eile aufgebrochen. Der Ort war so verlassen wie ein Müllberg ohne Ratten.

In der Mitte des Raumes stand eine Eisentonne mit dem Totenkopfetikett. Riesig und drohend ragte sie auf wie ein stummer Wächter. Ich zitterte. Naja, nicht sehr natürlich. Je näher ich der Tonne kam, desto langsamer und unschlüssiger wurde ich. Ich, Franz Ratte, mußte schließlich auf meine Gesundheit achten. Mein Blutdruck war nicht der beste, das Magengeschwür meldete sich, und auch das Kniezittern setzte wieder ein. Das Unangenehmste war jedoch das bedrückende Gefühl, daß irgendwer hier in der Nähe war und jeden meiner Schritte beobachtete. Meine Barthaare flirrten vor Aufregung. Ich konnte es spüren. Irgendwer verfolgte mich. Was sollte ich tun?

Ungesunde Gegend, dachte ich, besser umkehren und Verstärkung holen. Kluge Idee! Ich drehte mich um. Und da passierte es.

Völlig geräuschlos fiel etwas über mich und hielt mich fest. Ich schrie auf, trat und biß um mich wie eine verwundete Kanalratte. Das muß man gesehen haben! Aber was immer mich auch festhielt, es war so stark, daß selbst ich, Franz Ratte, mich kaum rühren konnte.

»Wer bist du?« rief eine Stimme. »Gib auf!«

Ich dachte gar nicht daran aufzugeben. Blind tobte ich weiter. Doch je mehr ich tobte, desto weniger konnte ich mich bewegen, bis ich schließlich zu keiner Regung mehr fähig war. Jetzt erkannte ich endlich, was mich gefangenhielt: ein Netz!

»Spitzenqualität, nicht wahr?« triumphierte die Stimme. Eine Spinne stand über mir und grinste mich unverschämt an.

»Laß mich raus!« schimpfte ich. »Sonst gibt's Ärger!«

»Na klar!« lachte die Spinne. »Aber jetzt mal Pampe auf die Torte: Wer bist du, was willst du, wie kommst du her, wo willst du hin, was weißt du? Spuck's aus, oder die Kralle flattert!«

Komische Sprache. Der Ton war drohend. Ich wollte gerade zu Erklärungen ansetzen, als ich Pimper rufen hörte.

»Sansibar! Tu ihm nichts!«

Im Nu war sie bei mir. Die Mutanten folgten ihr eilig. Ich möchte allerdings betonen, daß ich auch prima alleine klargekommen wäre. Jawohl!

»Oh, Sansibar, ich bin ja so froh, daß du lebst!« rief Pimper glücklich.

»Und ich erst«, sagte die Spinne. »Sag mal: Kennst du den da?« Mit »den da« meinte sie mich.
»Ich bin Franz Ratte!« schrie ich.

Nachdem ich glücklich wieder ausgewickelt war und wir uns reihum bekannt gemacht hatten, berichtete die Spinne Sansibar von den letzten Ereignissen. Die Kakerlaken hatten sie tatsächlich fast erwischt. Nur mit einem alten Spinnentrick hatte sie sich retten können. Sie hatte einen Faden an die Decke geschossen und sich daran hochgezogen. Gar nicht übel – für eine Spinne.
»Schließlich bin ich Profi!« prahlte sie.
»Verpackungsprofi!« sagte ich sauer.
Sansibar berichtete weiter, daß die Kakerlaken wirklich den Keller verlassen hatten. Sie hatten sich zuvor mit dem gelben Schleim vollgesogen und waren im Gleichschritt fortmarschiert. Ihren Präsidenten hatte sie sogar getragen.
»Sie haben Gefangene hiergelassen«, verriet sie außerdem. »Ich konnte ihnen nicht helfen, weil man sie in den großen Eisenkessel gesperrt und alle Öffnungen verschlossen hat.«
»Gefangene?« staunte Pimper.
»Im Kanal erwischt und zum Verhungern verurteilt, die Armen«, bestätigte Sansibar. »Zwei Ratten. Und niemand kann ihnen helfen.«
»Ratten?« rief ich. »Eine kleine Dicke und eine lange Dünne?«
Sansibar nickte.
»Husten und Malewitsch!« rief ich. »Wo sind sie?«
Sansibar führte uns zu dem großen, rostigen Kessel, der vor langer Zeit einmal Wasser für ein Heizungssystem gespeichert hatte. Ich klopfte fest gegen das dicke Metall.
»Hallo! Hört ihr mich?«
Von drinnen kamen dumpfe, aufgeregte Klopfzeichen.
»Hilfe! Hilfe!« rief es undeutlich.
»Kein Zweifel, sie sind es!« erklärte ich. »Wir müssen sie da raus holen.«
»Geht nicht«, bedauerte Sansibar. »Es gibt keinen Weg. Und ich muß es wissen, denn ich bin schließlich ...«

»Ja, wissen wir, was du bist!« schnappte ich. »Trotzdem müssen wir ihnen helfen. Wenn ich doch nur mein Werkzeug dabei hätte! Verfluchter Katzenmist!«

»Franz, sie werden da drin verhungern!« rief Pimper bestürzt.

»Ich weiß, ich weiß, Pimper«, sagte ich. »Ruhe jetzt, ich muß mich konzentrieren.«

Das Spiegeleiwesen räusperte sich. Unruhig und aufgeregt rutschte es auf seinem Schleimpolster herum.

»Ich sagte: Ruhe, absolute Ruhe!« wiederholte ich.

»Also, ich ... vielleicht ...«, sagte das Spiegelei zaghaft.

»Ruhe!« brüllte ich.

»Ich hätte aber vielleicht eine Idee.«

»Wenn hier einer Ideen hat, dann bin ich das. Ich, Franz Ratte.«

»Aha.« Das Schleimwesen zog sich respektvoll zurück.

»Nun sag schon!« rief ich. Wenn er sich schon so vordrängelte.

»Es ist so ...«, begann der Säureschleimer. »Ich bin zwar auch nur eine Fehlkonstruktion, aber ich kann doch mit meiner Säure Metall auflösen, also, ich könnte es versuchen ...«

»Geniale Idee!« rief ich, und der Säureschleimer glibberte geschmeichelt hin und her. Genau daran hatte ich nämlich in diesem Augenblick auch gedacht.

»Aber es gibt ein Problem!« rief der Rüssel. »LS, du kannst doch nur ätzen, wenn du ... ich meine, wenn man dich ...«

»... beleidigt, jawohl!« bestätigte der Säureschleimer. »Aber dieses Opfer werde ich bringen. Für ...« – er wandte sich an Pimper – »für dich, schönstes Wesen, und für deine Freunde!«

»Bravo!« rief der Rüssel gerührt.

»Sehr ehrenhaft!« lobte der Ballon.

Stolz schleimte LS-4 nun an den Kessel heran und preßte sich mit seiner Ätzfläche fest an das rostige Metall.

»Jetzt müßt ihr mich beschimpfen und beleidigen«, sagte er. Seine Stimme zitterte vor Angst.

»Kein Problem«, sagte ich und legte los. »Fauliger Glibberbeutel, aufgeblasener Zitterpudding, linksgeschäumter Pickelquetscher, abgepumptes Stinkgelee, schimmelige Preßwurst!«

Immer mehr Schimpfwörter fielen mir ein. Aber auch die anderen standen nicht nach. Jeder beschimpfte und beleidigte den armen LS, so gut er konnte. Die Wirkung blieb nicht aus. LS-4 litt zwar offensichtlich fürchterlich unter den Schmähungen, sonderte aber die Säure ab, die das Metall zischend verätzte und auflöste. Doch das Eisen war dick, und bald gingen uns die Schimpfwörter aus.

»Eingeschleimter Wackelbrei!« rief Pimper.

»Hatten wir schon«, sagte ich. Besorgt stellte ich fest, daß der Säureschleimer bereits wieder austrocknete. Wir brauchten eine richtig saftige Beleidigung, starkes Kaliber. Alle überlegten angestrengt, doch niemandem fiel etwas wahrhaft Ätzendes ein. Und wer kam dann doch auf die rettende Idee? Na? Ich, natürlich! Ich, Franz Ratte.

Ich stellte mich dicht vor das Schleimwesen und sagte in meinem gemeinsten Tonfall: »Du ... du nutzlose – Fehlkonstruktion!«

Das war wirklich total ätzend! Der Säureschleimer heulte gequält auf, und zugleich erzeugte er soviel Säure, daß das dicke Metall unter ihm wegschmolz wie Margarine unter einem Bügeleisen.

»Hurra!« rief die Graue Maus. »Er ist durch!«

Alle umringten den tapferen LS-4 und beglückwünschten ihn. Der beleidigte Held schluchzte und strahlte gleichzeitig. Ich klopfte ihm anerkennend auf das Schleimpolster und sagte: »Ätsch, gelogen!«, denn im Augenblick hielt ich ihn für die genialste und sinnvollste Konstruktion der Welt.

Bleich wie Magerquark kletterten Husten und Malewitsch blinzelnd aus ihrem lichtlosen Hungergefängnis. Sie hatten zwar nur einen Tag in dem Verließ zubringen müssen, sahen aber aus, als ob es hundert gewesen wären.

»Na, endlich!« klagte Malewitsch, der Waschlappen.

»Nie wieder Diät!« gelobte Husten.

Franz Ratte taucht wieder auf

»Es gibt nur einen Weg«, sagte Husten im verlassenen Lager der Kakerlaken. »Und zwar in mein Labor. Ohne Mittel gegen G.I.F.T. können wir nicht zum Lüchtenberg zurück.«

»Na, worauf warten wir dann noch!« rief Franz und wollte schon losmarschieren. »Immer diese Trödelei!«

»Kleinen Augenblick noch!« rief der Rüssel. Die drei Mutanten standen an der Eisentonne, saugten und lutschten den Rest des giftigen Schleims auf!

»Weiß gar nicht, was ihr habt«, rief KA-21. »Schmeckt köstlich, dieser Glibber!«

»Delikat!« lobte der Ballon.

»Feinherb und würzig!« fügte LS-4 hinzu.

»Plemplem!« sagte Franz. »Total plemplem!«

Malewitsch hatte vor Rührung Tränen in den Augen, als er nach kurzem Marsch Hustens Labor, sein Zuhause, endlich wiedersah.

»Nicht flennen, Malewitsch – rennen! Die Formel!« befahl Husten jedoch gleich, und Malewitsch, der Assistent, flitzte sofort los. Er brachte ein Blatt Papier mit einer komplizierten chemischen Formel. STRENG GEHEIM stand in großen roten Buchstaben darüber. Malewitsch hielt das Papier so, daß Franz die Formel nicht lesen konnte.

»Ein schwieriges Stück Arbeit«, murmelte Husten. »Jede Pfote wird gebraucht.«

Hier, in seinem Labor, hatte Husten das Sagen. Hier war er der Chef!

»Franz, ich brauche eine H_2CO_4-Multiplexsynthese mit filtrierten Fluorisotopen! Aber zackzack!«

»Schon unterwegs!«

»Fräulein Pimpernelle, meine Liebe, würden Sie mir bitte persönlich bei der Mischung helfen? Es wäre mir ein Vergnügen, meine Verehrteste.«

»Aber selbstverständlich!«

»Entzückend! ... Äh, Sansibar, wir brauchen Tragenetze für die Flaschen.«

»Geht klar, Chef!«

»Malewitsch, die Schwachflußventile auf Nullkommazwo, die Heizmuffen auf drei, alle Druckbenzel auf secheinhalb, und achte auf den Kaltgaskompressor!«

Und Malewitsch rannte los.

»Und wir?« fragte der Rüssel. Tja, was konnten die Mutanten schon tun?

»Ihr ... ihr steht gefälligst nicht im Weg herum!« sagte Husten kurzangebunden und machte sich an die Arbeit.

»Jaja«, nörgelte der Ventilationsbeißer. »Wir sind ja doch nur nutzlose Fehlkonstruktionen.«

Mit vereinten Kräften war das Mittel bald fertig und in Flaschen abgefüllt, die man in Sansibars stabile Netze verstaute.

»Jetzt aber los!« drängte Franz.

»Moment!« sagte Husten. »Zu Fuß sind wir viel zu langsam. Die Kakerlaken würden längst den ganzen Müllberg erobert haben, ehe wir da wären.«

»Und wie, bitteschön, sollen wir dann zum Lüchtenberg kommen?«

»Mit einem Auto!« verkündete Husten geheimnisvoll.

»Zuviel vom Hustensaft genascht, oder was?« sagte Ratte und tippte sich an die Stirn. »Auto! Ha! Zum Lüchtenberg! Blödsinn!«

»Abwarten, Franz, abwarten!« brummte Husten. »Ich weiß, was ich sage. Wir müssen nur da hoch!«

Husten zeigte nach oben. Genau über ihnen, unter der Decke, ragte ein Lüftungsrohr aus der Wand.

»Bei meinen ersten Versuchen mit dem Hustensaft bin ich aus Versehen da hineingeschwebt. Von dort oben geht es weiter.« Er zog eine Flasche mit dem berauschenden Saft aus seiner Kitteltasche und bot sie an. »Also! Prösterchen!«

»Das Teufelszeug trinke ich nicht!« weigerte sich die Graue Maus. »Gibt es keinen anderen Weg?«

Husten schüttelte den Kopf und wollte endlich einen ordentlichen Schluck nehmen.

»Doch!«

Alle drehten sich um.

»Ich wüßte eine Möglichkeit«, sagte AV-36, der Ventilationsbeißer. Er klappte sein riesiges Reißmaul fest zu, pumpte sich prall auf und schwebte plötzlich über dem Boden.

»Seht ihr? Ich kann euch da raufbringen!« nuschelte er durch die Zähne. »Ich bin doch nicht nutzlos!«

Franz war nicht überzeugt.

»Wie willst du uns denn alle tragen mit deinen Patschfüßen?«

»Nicht verzagen – Spinne fragen!« meldete sich Sansibar. »Wozu habt ihr einen Profi an Bord!«

Die Spinne ließ alle, bis auf AV-36, dicht zusammenrücken und umwickelte sie mit einem ganz besonderen Faden. Er war stark und klebrig, wurde aber an der Luft sofort hart.

»Absolut reißfest!« rief die Spinne stolz.

Sie arbeitete wie eine Wickelmaschine, bis alle unter einem eiförmigen, harten Kokon verschwunden waren – dem größten Brutkokon, den eine Spinne je gesponnen hatte. Gut tausend kleine Spinnen hätte man darin ausbrüten können. Eine Weltklasseleistung!

»Du bist dran«, ächzte Sansibar erschöpft dem Ballon zu und hockte sich auf ihr Werk. Sie war völlig am Ende. Dieses endlose Fadenspinnen in der letzten Zeit! Sansibar war sicher, daß sie nie mehr im Leben auch nur ein einziges Fädchen würde spinnen können.

AV-36 blies sich jetzt zu seiner vollen Größe auf. Er wurde immer praller, seine faltige Haut spannte sich, wurde immer durchscheinender, daß Sansibar schon fürchtete, sie würde reißen. Riesig schwebte der Ballon nun über dem Spinnenkokon. Seine breiten Patschfüße hatten Mühe, das glatte Ei zu packen, aber dann hielten sie es sicher. Sansibar klammerte sich an den Kokon, und los ging die Reise.

Zielsicher schwebte AV-36 mit seiner wertvollen Last auf das Lüftungsrohr zu. Lautlos ging es durch das gewundene Rohr aufwärts. Von oben streifte ein Luftzug den Ventilationsbeißer. Je höher es ging, desto frischer wurde die Luft. Sie stiegen und stiegen, bis ein Lichtstrahl in den Luftschacht fiel und sie in einen großen hellen Raum schwebten, in dem es leise summte und brummte.

Der Ballon öffnete sein Maul, ließ etwas Luft ab, und sie landeten sanft auf einem sauberen, glatten Boden.

Sansibar wollte den Kokon aufbeißen, war jedoch zu schwach.

»Ihr müßt euch selbst helfen!« rief sie matt.

»Bitte? Wie denn?« rief Husten dumpf von drinnen.

»Weiß schon!« rief Franz. »Schimmeliger Stinkschleimer!«

Ein gequälter Schrei, es zischte, und dort, wo der Säureschleimer sich befunden hatte, war der Kokon plötzlich weggeätzt.

»Prima Erfindung!« lobte Franz den Ätzschleimer und blickte sich um. »Jemand eine Ahnung, wo wir hier sind?«

SIE

Die Mutanten zitterten vor Angst. Der Rüssel hatte sich zusammengerollt, der Ballon war ganz in sich zusammengefallen wie ein zerknüllter Lederlappen, der Säureschleimer war schrumpelig und ausgetrocknet.

Viele unbekannte Geräte und Apparate standen überall herum. Von ihnen ging das Summen aus. Der Raum war verlassen. Er gehörte zu der geheimnisvollen Fabrik, die über Hustens Labor lag.

Die Mutanten waren ganz still geworden.

»Denkt ihr auch, was ich denke?« fragte der Rüssel ehrfürchtig. Die beiden anderen nickten.

»Vom Regen in die Traufe«, sagte LS-4.

»Und wieder zurück«, ergänzte AV-36.

»Was ist denn?« fragte Franz. »Los, raus mit der Sprache, wo sind wir hier?«

»Wir...«, stotterte der Säureschleimer.

»Wir sind ...«, zitterte der Ventilationsbeißer.

»Wir... sind hier geboren!« vollendete der Rüssel den Satz. »Und wir dürften gar nicht hier sein.«

»Quatsch!« sagte Ratte. »Hier bin ich, und hier bleib ich!«

»Warum dürfen wir hier nicht sein?« fragte die Graue Maus.

»SIE sind hier!« zitterte der Rüssel. »SIE!« Aus seiner Stimme sprach große Angst.

»Kreuzbuckeligekatzeundhaarausfall!« fluchte Ratte. »Wer sind SIE denn nun eigentlich?«

Aber von den zitternden Mutanten, die sich furchtsam zusammengedrängt hatten, war keine Antwort mehr zu bekommen.

»SIE sind hier!« stammelten sie nur.

»Niemand ist hier!« rief Franz. »Vor allem kein Auto! He, Professor, wo ist das Auto?«

Husten zeigte auf einige große schwarze Beutel mit leuchtend gelbem Aufdruck. Bis auf einen waren alle fest verschnürt. Die gelbe Leuchtschrift verkündete: Müll.

»Die liegen doch massenhaft auf dem Lüchtenberg herum!« rief die Graue Maus. »Die Lastwagen bringen sie hoch. Hab ich mal beobachtet.«

»Genau!« sagte Husten.

»Und?« sagte Franz.

»Wenn die Beutel doch sowieso auf den Lüchtenberg gefahren werden«, sagte Husten, »dann ...«

»... können wir genausogut mitfahren!« vollendete Fräulein Pimpernelle den Satz.

»Bravo!« rief Husten. »Exzellent!« Er nahm eine Pfote der Grauen Maus und drückte lebhaft etliche feucht-sabbernde Handküsse darauf. »Küß ... die Hand ... meine Liebe, ich verehre ... nein, ich vergöttere Sie. Sie sind ... nicht nur das reizendste Wesen ... Sie sind auch ... das klügste ...!«

»Ganz meine Idee!« sagte Ratte. »Na, aber bis zur Abfahrt haben wir bestimmt noch Zeit für eine kleine Ortsbesichtigung.«

»Oh, nein!« riefen die Mutanten.

Ohne die drei jedoch weiter zu beachten, begab Franz sich an die Erforschung der Umgebung. Husten, Malewitsch und Sansibar taten es ihm nach und verteilten sich in der weitläufigen Halle. Nur Fräulein Pimpernelle blieb bei den Mutanten und versuchte, sie zu beruhigen.

Franz sprang über Kisten, Stühle und Schränke, auf Tische und weiter auf Regale mit chemischen Apparaturen, schnüffelte an braunen Flaschen mit stinkenden Flüssigkeiten, lugte in verschlossene Behälter mit feinen Pulvern und stöberte in Stapeln von bedrucktem Papier auf den Tischen. Sein Entdeckertrieb, stärker als jede Furcht, war erwacht. An den großen Apparaten und blinkenden Schränken erkannte sein Kennerblick, daß dieser Raum ein riesiges Labor war!

»Phantastisch!« murmelte Franz. Wer immer SIE auch waren, sie waren offensichtlich Kollegen, Forscher, so wie er, Franz Ratte.

Das Labor wurde von einem riesigen, metallisch glänzenden Tank beherrscht, der trotzig in der Mitte des Raumes stand und von den unbekannten Apparaten mit zahllosen Rohren und Schläuchen versorgt wurde. Es sah aus wie ein gewaltiges, erstarrtes Maschinenwesen mit Gliedern, Fühlern und tausend bunten Augen, die alles sahen.

»Rühr nichts an, Malewitsch!« mahnte Husten seinen Assistenten. »Hörst du?«

»Jaja«, sagte Malewitsch. »Weiß schon.«

Er stand auf einem Tisch vor einem Computer. Er hatte noch nie im Leben einen Computer gesehen. Fasziniert starrte er auf den Monitor, auf dem ihm unübersehbar ein Schriftzug entgegenleuchtete:

EXPERIMENT MU 67 – GEHEIMSTUFE 3
WARNUNG:
! AUF KEINEN FALL TASTE –1– DRÜCKEN !

Malewitsch konnte den Blick nicht von dem Bildschirm wenden. Die Schrift zog ihn magisch an. Geheimstufe 3! Bestimmt ein Experiment, das Weltruhm versprach.

»Rühr nichts an, Malewitsch!« äffte die Laborratte ihren Meister leise nach. Jaja, wie immer: Malewitsch, tu das nicht, Malewitsch, tu dies nicht. Langsam schob sich Malewitschs rechte Pfote vor. Die Taste 1 hatte er längst entdeckt. Links oben ...

Franz hatte ebenfalls etwas entdeckt. Auf einem großen, tadellos aufgeräumten Schreibtisch lag ein einsames Blatt Papier. Ohne zunächst zu erkennen, was ihn an diesem Papier fesselte, trat Franz näher und sah es sich an.

Irgendwer hatte in sehr krakeliger Schrift etwas aufgeschrieben – und aufgezeichnet! Franz durchfuhr es heiß, als er die Zeichnung sah. Sie zeigte eine Pflanze. Die Pflanze! Kein Zweifel – sie war es!

»So eine gequirlte Katzenklaue!« Die unleserliche Handschrift erinnerte Franz an seine eigene. »Kann nur ein genialer Forscher geschrieben haben. ›... Pflanze ... unbekannte Art ...‹«, entzifferte er mühsam. »Blabla ... ... flora ginsburga ... blablabla ... biochemische Dingsda ... Analyse ... blabla ... enthält Substanz ... und so weiter ... Wirkung ... blabla ... gefährlich ... Formel ... bla ... mit kollegialer Hochachtung, Ihr Gin ... dingsbums.« – Ein Brief!

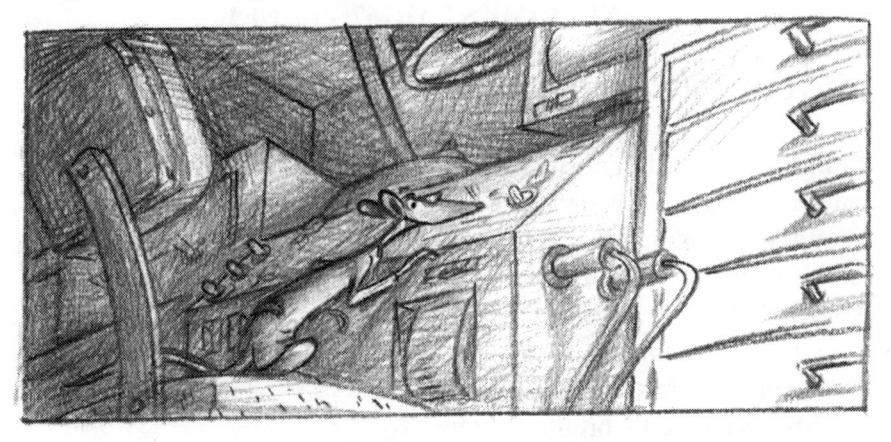

Unter die Unterschrift hatte jemand, anscheinend der Empfänger, mit roter Tinte in einer Handschrift, die so ordentlich und aufgeräumt wie der Schreibtisch war, die Bemerkung »Totaler Schwachsinn!« geschrieben.

»Irrtum«, widersprach Franz, denn er hatte am Ende des Briefes etwas entdeckt. Einzelne Buchstaben, mit Strichen verbunden. Eine chemische Formel!

Franz zückte sein Notizbuch und notierte sich die Formel sorgfältig auf Seite 139.

... Experiment MU 67. Sollte er es tun? Malewitsch zitterte vor Aufregung. Experimente müssen durchgeführt werden, dachte Malewitsch. Dazu sind sie da. Wenn es nun aber doch verboten ist? Aber das ist meine Chance. Also – soll ich?

Wie von ungefähr schwebte seine Pfote bereits über der Taste. Es kribbelte ihm in der Pfote. Ich kann es tun, dachte er, wenn ich nur will ...

»Zum Teufel, was treibst du, Malewitsch?« rief Husten.

Ob Husten ihn so erschreckt hatte, oder ob er es sowieso hatte tun wollen – das bleibt Malewitschs Geheimnis. Jedenfalls drückte Hustens Assistent mit seinem ganzen Gewicht auf die Taste 1.

»Äh... nichts, Herr Professor!« rief er hastig. Doch alles, was nun geschah, strafte ihn Lügen.

EXPERIMENT MU 67 – LÄUFT
MUTATION 100 %
ACHTUNG! LABORBEREICH UMGEHEND VERLASSEN

blinkte es nun auf dem Bildschirm. Gleichzeitig begannen alle Apparate, aufgeregt zu arbeiten, zu brummen und zu tackern. Bunte Lämpchen flackerten, Ventile zischten oberwichtig, Flüssigkeiten gluckerten durch verwundene Rohre, vermischten sich gurgelnd in großen Glaskolben und flossen in langen Becken zusammen. Die Zeiger vieler empfindlicher Instrumente zuckten und ruckten. Eine rote Lampe an der Decke blinkte kreisend.

»Maleeeewitsch!« brüllte Husten.

»Ich war es nicht, Herr Professor!« rief Malewitsch.

Der ganze Raum war erfüllt von Geräuschen. Was immer es auch war – das Experiment war in vollem Gange.

»Fraaaanz!« schrie Fräulein Pimpernelle angstvoll.

Das Summen schwoll zu einem großen Brummen an. Der Boden zitterte.

»Raus hier!« brüllte Husten. »Malewitsch, der Obertrottel, hat irgendeine Höllenmaschine in Gang gesetzt.«

Dem Obertrottel stand der Schrecken im Gesicht.

»Ich bin nicht schuld!« jammerte er. Er heulte fast. »Ich bin nicht schuld!«

Husten blickte sich besorgt um. Der ganze Raum brummte, blinkte und zitterte. Sie drängten sich alle unter einem Tisch zusammen, der heftig wackelte. Franz kam als letzter atemlos angerannt. Unter dem Arm hatte er die Flaschen mit dem Mittel gegen das G.I.F.T. der Kakerlaken.

»Fraanz, Achtung!« schrie Fräulein Pimpernelle.

Ein großer Monitor war durch das Rütteln bis an die Tischkante gerutscht. Genau über Franz. Ratte blickte hoch, sah, wie der große Kasten kippte, ließ die Flaschen fahren und hechtete zu Seite. In allerletzter Sekunde. Der Monitor fiel herunter und zersplitterte krachend am Boden. Genau auf die Flaschen mit dem Gegenmittel! Die kostbare Flüssigkeit sickerte unter den Trümmern des Monitors hervor.

»Verdammter Mist!« fluchte Ratte. »Oh, so ein verdammter Katzenmist!«

»Ich bin nicht schuld!« schrie Malewitsch.

»Also, Leute«, meldete sich Sansibar. »Will ja nicht stören, aber hier jodelt der Pudding, wenn's noch keiner bemerkt hat. Besser, wir verduften, bevor die Suppe knackt. Das mal nur so als kleiner Tip vom Profi.«

Wahr gesprochen! Denn in diesem Augenblick kamen auch schwere Schritte auf die einzige Tür des Raumes zu. Die drei Mutanten, die sich noch keinen Zentimeter gerührt hatten, erstarrten vollends.

»Das sind SIE!« hauchte der Säureschleimer. »SIE kommen!«

»Zu den Müllsäcken!« schrie Husten.

Inzwischen hatten SIE die Tür erreicht. Stimmen erhoben sich, ein Schlüssel wurde im Schloß gedreht.

»Ich bin nicht schuld!« flehte Malewitsch, doch keiner beachtete ihn. Die Tiere und die Mutanten, denen die Angst vor IHNEN, wie es schien, Flügel verlieh, rannten, krochen, hüpften und schleimten, was das Zeug hielt. Einer nach dem anderen stürzte in den offenen Müllbeutel, verkroch sich unter eingedrückten Plastikflaschen, glänzenden Verpackungen, Papieren, Essensresten, alten Kaffeefiltern, irgendwelchen unbekannten, stinkenden Substanzen und hielt den Atem an.

Die Tür ging auf. SIE sprachen miteinander.

»Verdammt, was ist denn hier los? Der Chef hat nix von 'nem Experiment gesagt.«

»Hast du eben nicht zugehört. Los, an die Arbeit.«

»Nee, nee! Der Chef hat nix gesagt von 'nem Experiment. Aber hier läuft 'n Experiment. Da stimmt doch was nicht!«

»Willst du jetzt etwa den Chef wecken? Um diese Zeit?«

»Bin ich lebensmüde?«

»Na, also. Nicht unser Problem. Wir sollen nur den Müll wegbringen, kapiert? Wir haben nix gesehen, nix gehört.«

»Und wenn gleich alles in die Luft fliegt?«

»Na und! Ich kann diese ekligen Monster im Tank sowieso nicht mehr sehen. Der spinnt, der Chef, sage ich dir, komplett meschugge. Und Professor ist der auch nicht.«

»Interessiert mich nicht. Los, an die Arbeit!«

Monster? Im Tank? Franz überlegte angestrengt. Was hatte Malewitsch da bloß in Gang gesetzt?

Sie hörten, wie die vollen Müllsäcke neben ihnen nacheinander weggeschleift wurden.

»He, hier ist ein halbvoller! Soll der stehenbleiben?«

Entsetzen im Müllsack.

»Mir doch egal! Nimm ihn schon mit, und dann Abflug.«

Alle atmeten erleichtert auf. Ihr Müllsack wurde hochgehoben und von kräftigen Händen verschnürt. Dann ging es auf die Reise. Sie wurden hochgehoben, geworfen, über Treppen geschleift und herumgewirbelt.

»Aua!« rief Franz.

»Was?« rief einer von IHNEN.

»Nix! Weiter!« drängte der andere. Ein letzter, heftiger Ruck, und der Müllbeutel lag zwischen vielen anderen in einem Müllauto.

»Los jetzt, zum Lüchtenberg. Wird schon bald hell. Einsteigen!«

Ein Motor wurde angelassen, und los ging die Fahrt. Nach Hause. Endlich nach Hause!

»Franz, was war in dem Tank?« fragte die Graue Maus.

»Ich ...«, setzte Franz an. Im gleichen Augenblick gab es von fern einen dumpfen Knall. Es konnte alles mögliche gewesen sein, doch Franz war absolut sicher, daß eben das unterirdische Labor explodiert war.

»Keine Ahnung!« sagte Franz, obwohl er einen bestimmten Verdacht hatte. »Nur gut, daß ich die Formel aus dem Brief aufgeschrieben habe«, sagte er froh und fummelte in seiner rechten Kitteltasche nach seinem Notizbuch. Doch da steckte nur das vertrocknete Vergißmeinnicht. Und in der linken? Nur das Porträt von Fräulein Pimpernelle! Franz geriet in Panik.

»Mein Notizbuch!« schrie er. Wie wild geworden, raste er in dem Müllsack herum, doch das kleine Notizbuch, in dem Franz alles Wichtige, jede Krankheit, jede Idee notiert hatte, blieb verschwunden. Seine Befürchtung wurde zu bitterer Gewißheit. Er hatte seinen kostbarsten Besitz, das Juwel der Wissenschaft, sein ganzes Vermächtnis in der Aufregung im Labor vergessen!

»Aber du hast dir doch die Formel gemerkt?« fragte Fräulein Pimpernelle. Franz schüttelte den Kopf.

»Wozu habe ich denn mein Notizbuch!«

»Hattest, Franz!« verbesserte Husten. »Hattest!«

»Und die Formel?« wiederholte Fräulein Pimpernelle.

»Futsch!« ächzte Franz.

Futsch! Ein kleines Wort, das alles bedeutete.

Jawohl, sie fuhren zurück nach Hause, doch sie fuhren mit leeren Pfoten.

»Ich bin nicht schuld!« rief Malewitsch.

Unglück und Verderben

Die letzten Sturmwolken zogen am Vollmond vorbei. Silbriges Mondlicht beleuchtete schreckliche Dinge.

Tausende von Kakerlaken krochen aus einem Kanal am Fuße des Lüchtenbergs. Ein endloser, schwarzer Strom. In strammer Marschordnung, vollgesogen mit G.I.F.T., dem tödlichen Schleim, bewegten sich die Schaben auf ihr Ziel zu. Nichts, gar nichts würde sie aufhalten.

»*Und eins, und zwei,*
und links, zwei, drei,
morgen schon ist alles vorbei!
Nichts gibt es, was uns aufhält,
morgen gehört uns die ganze Welt!
Hurra! Hurra! Hurra!«

Die Hymne der Kakerlaken.

»Jawohl! Der göttliche Glibber gibt euch die Macht!« feuerte der Präsident seine Untertanen an. »Ihr seid stark! Ihr seid schön!«

Das hört die Kakerlake gern.

»Hurra!« war die tausendfache Antwort.

Oben angekommen, bewegte sich der Strom schnurstracks zum Seeufer. Der Präsident erklomm eine zerbrochene Kloschüssel und setzte hoch über der Kakerlakenmenge zu einer ersten Rede an.

»Liebe Freunde und Verwandte!« schrie er. »Endlich sind wir wieder in der Heimat!«

Tosender Applaus, Hurrarufe. Der Präsident machte eine knappe

Bewegung mit einem seiner vielen Greifarme, und augenblicklich schwieg die Menge.

»Heimaterde!« brüllte er. »Man hat uns beraubt und vertrieben, aber wir holen uns zurück, was uns gehört!«

»Bravo! Hurra! Jawohl!«

»Ich danke euch! Hier werden wir genug göttlichen Glibber finden, um diesen Müllberg ein für allemal vom Ungeziefer zu säubern. Keine Ratten! Keine Mäuse! Keine Raben! Der Müll gehört der Kakerlake!«

Was der Präsident dann noch sagte, ging in einem nicht enden wollenden Beifallsturm unter.

Mit der Rückkehr der Kakerlaken verbreitete sich Schrecken auf dem Lüchtenberg. Ganze Familien von Ratten, Mäusen, Tauben, Hasen, Spinnen und Katzen zogen Hals über Kopf fort mit Sack und Pack. Nur ein kleines Häuflein blieb zurück; jene, die sich nicht vorstellen konnten, überhaupt irgendwo anders als auf dem Lüchtenberg zu leben. Und dazu gehörten Anselm, die Schachtelmaus und Gisbert.

Zitternd saßen die drei in Rattes Höhle und erwarteten ein ungewisses Schicksal. Keiner sprach ein Wort. Anselm lutschte nervös an seinen Ohren, die Schachtelmaus rannte im Dreieck, und Gisbert stopfte sich ohne Unterlaß mit Essen voll. Die Angst vergößerte seine Freßsucht ins Unheimliche.

Iskander hatte von dem Aufmarsch der Kakerlaken nichts bemerkt. Der Rabe saß mit weit aufgerissenen Augen in seiner Kiste, sah grelle Farben und fühlte sich unendlich müde. Um sich zu erfrischen, hatte er sich auf seinen Pflanzenvorrat gestürzt und sich vollgefressen. Aber das hatte nicht viel geholfen. Vor seinen dunklen Augen tanzten gelbliche Schleier und gaukelten ihm allerlei Gestalten vor: Ratten, überall Ratten.

»Die Pflanze...«, fieberte er, »muß... sie fressen... wird mir schon besser gehen... haha... Pflanze... muß nur fressen... ja, wachbleiben... Kampf... Franz Ratte... Pflanze...«

Alles wirbelte durcheinander, verbog sich und zerfloß vor seinen Augen.

»Miskeister...« Eine Krähe betrat zögernd die Kiste.

»Iskich wiskill niskich giskestört wiskerden!« lallte Iskander.
»Iskes iskist iskaber driskingend!«
»Wiskas diskenn?«
»Kiskakerlaken siskind iskangekommen!«
»Wiskas?«
»Kakerlaken!« platzte die Krähe heraus. Dieses blöde Kauderwelsch! »Überall Kakerlaken! Tausende!«

Langsam dämmerte es Iskander. Der Präsident! Gefahr! Hastig fraß er noch mehr von der Pflanze. Ihm wurde übel, aber langsam fühlte er sich wacher. Die Schleiergespenster vor seinen Augen verzogen sich, die grellen Farben verblaßten. Er fraß noch mehr. Sein Wille erwachte, und er spannte seine Flügel.

»Tausende, sagst du? Na wartet! Mein ist die Macht, mein ganz allein! Mein Wille ist Gesetz!« krächzte er laut. Er war todmüde und hellwach zugleich, aber er war bereit zum Kampf!

Auge in Auge

»Mach schon!«
»Ich mach ja!«
»Dann mach schneller!«
»Ich mach ja schneller!«
»Dann mach noch schneller!«

Ächzend luden SIE die Müllsäcke auf dem Lüchtenberg ab. SIE beeilten sich, denn die düstere Müllhalde war beiden unheimlich. SIE hatten das Gefühl, von tausend Augen beobachtet zu werden. Wenn SIE nur geahnt hätten, wer sie da von dem öligen schwarzen Müllsee aus beobachtete, der dort in der Nähe im Mondlicht glänzte, wären SIE sicher mit gesträubten Haaren schreiend geflohen und hätten gewiß nie wieder auch nur einen Fuß auf eine Müllhalde gesetzt. Aber SIE waren völlig ahnungslos.

Als der Laster sich entfernt hatte, biß Ratte ein Loch in die Plastikfolie des Müllsacks und lugte heraus. Er sog die kühle Nachtluft ein, atmete den geliebten Geruch stinkender Abfälle, die langsam vor sich hin faulten. Endlich daheim!

»Die Luft ist rein!« rief er. »Ihr könnt rauskommen!«

Umständlich kletterten nacheinander Fräulein Pimpernelle, Husten, Malewitsch, Sansibar und die Mutanten aus dem Müllsack.

»Oben!« flüsterten die drei andächtig. Zum zweiten Mal befanden sie sich an der Oberwelt, die für sie voller Geheimnisse war.

»Wundervoll!« jauchzte Fräulein Pimpernelle, als sie sah, daß alles geklappt hatte. Insgeheim hatte sie während der Fahrt befürchtet, der Lastwagen könne sie zu einer ganz anderen Müllhalde bringen. Doch dieser Geruch hier war unverwechselbar.

»Und jetzt?« räusperte sich Husten. Gute Frage. Franz hatte keinen Schimmer. Der Schlag mit dem verlorenen Notizbuch lastete noch immer wie Kartoffelpampe in seinem Magen und blockierte jeden Geistesblitz.

»Erst mal nach Hause, dann sehen wir weiter«, schlug er vor.

Vorsichtig und möglichst leise schlichen sie zu Rattes Höhle. Unterwegs begegneten sie nicht einer einzigen Seele, nur Kakerlaken, denen sie in weitem Bogen aus dem Weg gingen.

Als sie in die Höhle schlüpften, gab es eine Überraschung.

»Gemütliche kleine Zitterrunde, oder was?« rief Ratte, als er Anselm, Gisbert und die Schachtelmaus sah, die sich angstvoll zusammengedrängt hatten und das Schlimmste erwarteten.

»Franz!« rief Anselm und schlackerte erfreut mit den Ohren. »Alter Freund!«

»Oh, Monsieur Doktör!«

»Hallo, Franz! Echt toll, daß du da bist! Voll super, du!«

»Äh, Franz ...«, druckste der Hase herum, und die Schachtelmaus ruckelte unruhig hin und her.

»Ja?«

»Also, ich ... also wir ... was ich damals gesagt habe ...«

Franz blickte den Hasen streng an. Fräulein Pimpernelle jedoch nickte Ratte unmerklich zu.

»Vergeben und vergessen«, sagte Franz großzügig.

»Super, du!« rief Gisbert. »Echt voll super! Dann können wir ja jetzt endlich was essen. Diese ganzen negativen Omegaströme da draußen haben nämlich echt eine totale Null-Dimension in meinem Magen erzeugt.«

»Wir brauchen nichts zu essen, wir brauchen eine Idee«, brummte Husten.

»Sehr richtig!« pflichtete ihm Malewitsch bei und ahmte das nachdenkliche Gesicht seines Professors nach.

Franz überlegte. Er dachte an das, was in den letzten Tagen geschehen war. Nicht eine einzige geniale Idee in der ganzen Zeit!

Gedanken, die sich Franz nicht oft machte. Er verbarg sie sorgsam hinter seinem wichtigsten und klügsten Gesichtsausdruck. Niemand würde je erfahren, daß auch er, Franz Ratte, Selbstzweifel kannte. Naja, von Kennen kann wohl keine Rede sein, dachte Franz sofort, echte Zweifel würde ich das auch nicht nennen. Das ist ... äh ... nichts weiter als die Selbstkritik, zu der nur die Hochbegabtesten fähig sind, und außerdem habe ich ...

»... eine Idee!« sagte er laut, denn in diesem Moment hatte es in seinem Kopf vernehmlich geklickt. »Die Lösung!«

Franz lugte um eine Ecke. Fünf Krähen zählte er, allem Anschein nach hartgesottene Typen, die keinem Geraufe aus dem Wege gingen. Unbehagen breitete sich in Rattes Magen aus.

Sansibar kroch unbemerkt von den Krähen zum Eingang von Iskanders Kiste. Sie blickte hinein, dann lief sie geschickt um die Wachen herum wieder zu Franz zurück.

»Er ist nicht da«, meldete sie.

»Also?« fragte Husten.

»Auf mein Zeichen!« zischte Franz.

Sein Plan war, die Pflanze, die Iskander so mächtig machte, an einen geheimen Ort zu schaffen, wo der Rabe sie nicht finden konnte. Aber vorher mußten die Wachen abgelenkt werden. Und wie lenkt man Krähen ab? Ratte hatte sich an ein altes Sprichwort seiner Mutter erinnert, das er in seiner Jugend oft genug zu hören bekommen hatte: Eitel wie Krähe.

Er hoffte inbrünstig, daß seine Mutter recht gehabt hatte, und baute sich direkt vor den Krähen auf. Sein Herz klopfte zum Zerspringen, doch er ließ sich nichts anmerken.

»Lauschige Nacht, nicht wahr?« grüßte er lässig.

»Verschwinde!« schnauzte ihn eine Krähe an.

»Oh, natürlich, sofort«, sagte Franz. »Was ein Rabe befiehlt, muß man ja tun.«

»Bin kein Rabe«, sagte die Krähe.

»Was?« rief Franz. »Das erstaunt mich aber! So stattlich, wie ihr ausseht? Nein, nein, ihr seid eindeutig Raben. Und dazu Prachtexemplare! Ich, Franz Ratte, als, äh ... Rabologe verstehe was davon.«

Die Krähen schauten sich an. Was quatschte die Ratte da?

»Raben?« fragte eine andere Krähe gedehnt. »Wir? Wie? Warum?«

»Aber das sieht man doch!« rief Franz. »Schaut euch doch an!«

Die Krähen schauten sich an. Ihre natürliche Eitelkeit erwachte, und sie fanden, daß die Ratte absolut recht hatte. Eigentlich, von Rechts wegen, rein prinzipiell – waren sie Raben!

»Ich wußte schon immer, daß ich etwas Besseres bin!« rief eine Krähe.

»Raben sind wir!« rief eine andere. »Richtige Raben!«

»Wwwie aaaus dddem Vvvogelaaaatlas«, stotterte die nächste.

»Genau!« heizte Franz ihnen weiter ein. »Man hat euch nur eingeredet, daß ihr jämmerliche, verlauste Krähen seid!«

»Jawohl!« schrien die Krähen. »Mistkrähen!«

»Aber wißt ihr was?« fragte Ratte listig. Die fünf hüpften neugierig näher. »Eines wundert mich allerdings schon. Wenn ihr wirklich Raben seid, warum benehmt ihr euch dann wie Krähen und laßt euch herumkommandieren?«

»Keine Ahnung!« erwiderte eine.

»Na, dann seid ihr ja wohl doch nur mickrige Krähen«, sagte Ratte achselzuckend.

»Nein, wir sind Raben!« krächzten die fünf. »Wir lassen uns nicht herumkommandieren, wir kommandieren selbst herum!«

»Recht so!« rief Franz. »So sprechen nur Raben!«

Und mit dem Schrei »Wir sind Raben!« flatterten die Krähen im Wahn ihrer Eitelkeit auf und suchten sich Krähen zum Herumkommandieren.

»Er ist ein Genie!« jubelte Fräulein Pimpernelle im Versteck, als sie die Krähen davonfliegen sah. Da kam auch schon Rattes Pfiff.

Mit starkem Herzklopfen drangen sie schnell in die große Kiste ein. Sie mußten sich dabei die Nasen zuklemmen, so sehr stanken die Blätter der Pflanze. Es gärte bereits in der stickigen Kiste, die fast gänzlich mit dem Kraut angefüllt war. Es war alles, was die Tiere auf dem Lüchtenberg gesammelt hatten.

»Seid vorsichtig!« warnte Franz. »Mund zu, Nase zu, alles zu! Höchste Gesundheitsgefahr!«

»Weiß gar nicht, was du hast!« rief der Rüssel. Er hatte das Kraut sofort mit seinem schlabberigen Saugmaul untersucht und schlang es bereits genüßlich schmatzend in sich hinein. LS-4 und AV-36 taten es ihm nach.

»Delikat!« lobte der Ballon.

»Feinherb und würzig!« fügte LS-4 hinzu.

»Ich sag's ja«, seufzte Franz. »Plemplem! Total plemplem!«

Kopfschüttelnd lud er sich beide Pfoten voll und trat schwer bepackt als erster ins Freie.

»So sieht man sich wieder!«

Iskander! Fast hätte Franz das Kraut in seinen Pfoten fallengelassen. Drinnen in der Kiste wurde es schlagartig still.

Der Rabe hatte sich verändert. Seine Haltung war gekrümmt, die Augen trübe und seine zerzausten Flügel zitterten. Er zuckte auch nervös mit dem Kopf. Er hatte versucht, mit dem Präsidenten zu verhandeln. Nur zum Schein natürlich. Er wollte Zeit gewinnen, um viele Krähen mit Appetit auf Kakerlaken herbeizurufen. Aber diese Taktik war gescheitert. Kakerlaken verhandeln nicht.

Weil er immer müder wurde, war Iskander schnell zu seinem Lager zurückgekehrt, um mehr von der Pflanze zu fressen. Wach bleiben! Nur wach bleiben!

»Laß es fallen!« zischte der Rabe nun Franz an. Er stand nah vor ihm. Ganz dicht. Franz konnte seinen Atem spüren, der nach dem Kraut roch. Franz schüttelte den Kopf und trat einen Schritt zurück. Iskander kam sofort wieder näher.

»Auge in Auge«, sagte Iskander. »Wie ich es mir gewünscht habe. Hast gedacht, du wärst klüger, bist du aber nicht. Ich bin der Größte! Ich bin der Meister! Mir gehört der Lüchtenberg!« Er schrie.

Franz sagte nichts. Schritt für Schritt wich er zurück, bis er mit dem Rücken an den Eingang der Kiste stieß. Den dicken Ballen des Gewächses hielt er krampfhaft fest. Fieberhaft überlegte er, wie er entkommen könnte.

»Gar nicht!« krächzte Iskander, als lese er in Rattes Gedanken. »Endstation! Und jetzt laß es schon fallen! Laß es fallen!«

Iskander zitterte. Er zitterte immer heftiger. Er krümmte sich, riß die

Augen weit auf, die sich aber sofort wieder zu engen Schlitzen zusammenzogen. Er wankte.

»Her damit!« Er hackte mit seinem scharfen Schnabel nach Franz, der nur knapp ausweichen konnte. Immer noch umklammerte er das Kraut.

»Es gehört mir!« rief Iskander schrill. »Gib's her! Das Spiel ist aus!« Ratten geben nicht kampflos auf, dachte Franz. Iskander wurde schwach, das war nur allzu deutlich. Franz mußte nur Zeit gewinnen.

Der Rabe wollte ihm gerade mit einem entschlossenen Schnabelhieb das Kraut aus den Pfoten schlagen, als Franz sich zum Äußersten entschloß. Er preßte den Ballen mit aller Kraft fest zu einer Kugel zusammen, riß seine Rattenschnauze auf und verschlang den Brocken mit zwei schnellen Bissen. Ein altes Kunststück, das ihm seine Mutter beigebracht hatte. Franz würgte zweimal – und weg war die unheimliche Pflanze.

Iskander starrte ihn entgeistert an. Das war das letzte gewesen, was er erwartet hatte. Dieser Teufel von einer Ratte!

»Du ...«, schrie er spitz. Heulte er? »Du ... du hast es ... aufgefressen!«

»Wie gesehen, so geschehen!« erwiderte Franz kühl. Das Kraut lag ihm schwer im Magen. Er spürte, wie es in ihm gärte. Ihm war auch so ... so komisch. Alles drehte sich.

»Du ...«, hörte er Iskander erneut kreischen. »Du ...«

Plötzlich wurden die Augen des Raben glasig, er verdrehte den Kopf, sein Körper wurde steif, und mit einem ächzenden Geräusch, als ob die letzte Luft aus einem Ballon entweicht, fiel er um wie von einer Axt gefällt. Stocksteif und regungslos lag Iskander am Boden. Nur sein Atem verriet, daß er noch lebte.

Angenehme Träu ..., dachte Franz noch, dann explodierten vor seinen Augen zwei gleißendhelle Sonnen. Donnerschlag, dachte er. Er sah Farben. Farben überall! Farben, wie er sie noch nie erblickt hatte, Farben, die es gar nicht gab, wirbelnd, kreisend, plätschernd wie Wasser, verwehend wie Morgendunst, strahlend wie die Augen der Grauen Maus. Er merkte noch, wie seine Knie einknickten und er langsam in sich zusammensackte. Der Rest war Dunkelheit.

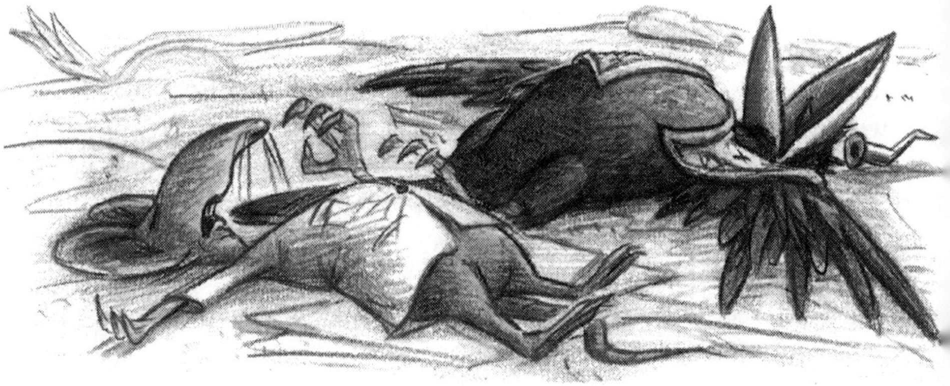

Das Ende?

Während dessen bereitete der Präsident die Aktion »Sauberer Müll« vor. Klang harmlos, doch handelte es sich um nichts weniger als die Eroberung des Müllberges. Späher hatten gemeldet, daß der Rabe, der ihm, dem Präsidenten, die absolute Macht streitig machte, und die verhaßte Ratte umgefallen waren. Diese Nachricht klang süß wie Himbeergelee. Sie war das Zeichen zum Angriff.

»Ausschwärmen, Schleim verspritzen, alles vernichten!« lautete der Befehl des Präsidenten. »Für mich und für eine reine Welt der Kakerlake! Unsere Zahl ist unsere Macht!«

Die schwarzen Schaben gehorchten und zogen in Kolonnen über den Müll, bereit, jeden Widerstand mit einem Spritzer des gelben Giftschleims zu brechen. Doch auf Widerstand trafen sie nirgendwo. Der Lüchtenberg war verlassen.

Ganz verlassen? Natürlich nicht! Aus Rattes Höhle drangen heftige Schluchzer. Franz Ratte lag bewußtlos auf einem Papierhaufen in der Mitte des Raumes. Seine weit geöffneten Augen starrten nach oben, ohne irgend etwas zu sehen. Er röchelte. Schaum lief ihm aus dem Mundwinkel, den die Graue Maus sofort abtupfte. Franz Ratte war krank. Zum ersten Mal in seinem Leben war er wirklich krank. Todkrank.

Der Wirkstoff der flora ginsburga beutelte Rattes Körper in Krämpfen. Er hatte bei weitem zuviel davon gefressen.

Und Iskander? Der Rabe lag, wie ein Paket verschnürt, draußen vor der Höhle. Anselm stand zur Bewachung neben ihm. Unnötig jedoch. Iskander schnarchte wie ein Sägewerk und war nicht zu wecken.

»So komm doch zu dir, Franz!« flehte die Graue Maus drinnen mit verweinten Augen. »Professor, tun Sie etwas!«

»Schon dabei!« rief Husten. Mehr als einen Original-Rattes-Heiltee gegen Magenkrämpfe, Durchfall, schwache Nerven und Schweißfüße zu kochen, blieb ihm jedoch nicht. Niemand kannte den Wirkstoff der flora ginsburga. Aufs Geradewohl ein Mittel zu brauen, konnte ebensoschlecht Rattes Verderben sein. Blieb also nur, abzuwarten und Tee zu trinken.

»Aber er stirbt!« rief die Graue Maus verzweifelt. »Er hat hohes Fieber! Er glüht!«

Husten sagte nichts. Das sah er schließlich selbst! Aber was konnte er tun?

Während die Graue Maus unten in der Höhle die schlimmsten Stunden ihres Lebens durchlitt, nahmen die Dinge oben eine andere Wendung.

Die Kakerlaken kamen nur langsam auf dem Müll voran, denn sie hatten alle Greifer voll zu tun, in die verlassenen Höhlen und Behausungen einzudringen und sämtliche Vorräte zu plündern. Die Aktion »Sauberer Müll« entwickelte sich zur Aktion »Großes Fressen«. Es war keine Eroberung mehr, das war ein riesiges Gelage. Die Schaben fraßen alles, was ihnen vor die Greifer kam. Aber darin liegt eben auch der einzige Sinn des Kakerlakenlebens.

Eine dieser namenlosen Kakerlaken hatte eine Vorliebe für große Kisten, da sie einmal in einem modrigen Keller eine Kiste mit verfaulten Pommes frites gefunden hatte. Ein wahres Fest war das gewesen! Erinnerungen, die nie vergehen!

Besagte Schabe also hielt sich für einen ausgemachten Kistenexperten, und so fiel ihr auch gleich Iskanders Unterschlupf auf, als König Zufall sie in die Nähe führte.

»Sieh an!« schnarrte die Schabe und schnüffelte kennermäßig an der Kiste. »Riecht auch«, befand sie. Da der Geruch sie an verfaulte Pommes frites erinnerte, überredete sie ihren Trupp zu einer Kistendurchsuchung.

»Sieh nur einer an!« rief sie erfreut, als sie entdeckte, daß sie wieder einmal fündig geworden war. Was sich da so geballt bis unter die Dekke stapelte, sah ein bißchen aus wie verfaulte Pommes frites. Volltreffer!

Die Schaben zögerten nicht mehr. Umgehend stürzten sie sich auf das Kraut und fraßen es in sich hinein.

Andere Kakerlaken hörten das Geschmatze, warfen einen Blick in die Kiste und fraßen mit. Wieder andere sahen ihre Kameraden in die Kiste kriechen und folgten ihnen neugierig. Das wiederum sahen wieder andere, und so bildete sich schnell ein gieriger Strom auf Iskanders Kiste zu, und bald war sie von allen Kakerlaken umringt. Von »Ausrotten« und »Vernichten« war keine Rede mehr. Vorerst.

In der Höhle wachte die Graue Maus bei Franz, der immer noch in tiefer Bewußtlosigkeit lag. Sein Atem ging flach, die frische braungraue Farbe seines Fells war stumpf geworden, und auch sein sonst so rosiger, speckig glänzender Rattenschwanz lag grau und schrumpelig da. Wenn das Fieber weiter so rasant stieg, gab es keine Rettung mehr.

Bis hier hinunter hörten sie die Kommandorufe und Schlachtlieder der grölenden Schaben. Husten verrammelte den einzigen Eingang. Jeden Moment war der Kakerlakenansturm zu erwarten.

»Frage mich, was da draußen vorgeht«, brummte die dicke Ratte. »Nachschauen müßte man.«

»Niemals!« zitterte Malewitsch.

»Voll richtig, du!« pflichtete Gisbert ihm bei. »Mein Biorhythmus verbietet mir zur Zeit auch jegliche Betätigung an frischer Luft.«

»Alles klar, Leute«, meldete sich Sansibar. »Werde ich eben nachsehen.«

»Nein, wir gehen!« rief der Rüssel, der es nicht ertrug, das Leid des »schönsten Wesens« mitanzusehen. Lieber setzte er sich tausend Gefahren aus, als untätig mitzuleiden. »Nebenbei«, fügte er mit einem genüßlichen Ton hinzu, »ist es an der Zeit für einen kleinen Imbiß. Was meint ihr, Freunde?«

»Klug gesprochen!« lobte der Ballon und patschte aufgeregt mit seinen Plattfüßen.

»Kakerlaken natur!« erriet der Säureschleimer das zu erwartende Menü.

Eilig räumten sie das versperrte Schlupfloch wieder frei und quetschten sich nach draußen.

»Paßt auf euch auf!« schniefte die Maus ihnen nach.

»Das solltest du den Kakerlaken wünschen!« erwiderte der Ballon großspurig. Damit nahm er sein Reißmaul ziemlich voll, denn Tausende von Schaben konnten selbst für drei hungrige Mutanten gefährlich werden.

Am Seeufer wartete der Präsident auf Erfolgsmeldungen. Statt der feierlichen Meldung von der Eroberung des Lüchtenbergs oder wenigstens vom Fund großer Mengen des göttlichen Glibbers kam jedoch nur ein einzelner, versprengter Kundschafter, der stammelnd von einer gewaltigen Freßorgie berichtete.

»Was?« schrie der Präsident. »Aufhören, sofort! Ihr sollt nicht fressen, ihr sollt ster... äh, ich meine: vernichten, ausrotten, säubern, massakrieren, ausradieren! Kapiert?«

»Tja...«, sagte der Kundschafter zögernd. »Vielleicht solltet Ihr dann... also vielleicht solltet Ihr das selbst...«

»Was?« brüllte der Präsident. »Ich soll da raus gehen? Ich, der Präsident? Niemals! Ich bin wichtig. Wichtiger als ihr verfluch... äh... ich meine: geliebten Schaben zusammen! Da draußen lauert der Feind! Niemals gehe ich da raus.« Er bangte jedoch so sehr um den Erfolg der »Aktion«, daß er sich doch zu der Heldentat entschloß, seinen Untertanen an Ort und Stelle gehörig einzuheizen.

Er hatte sein Hauptquartier am Ufer kaum verlassen, als der See plötzlich, wie von einem Sturm gerührt, zu kochen begann. Es blubberte und schäumte an der Oberfläche, große Wellen schwappten an das glitschige Ufer, und es tauchte ein erster Tentakel aus dem schwarzen Wasser auf. Weitere folgten, Fühler auch, knorrige Glieder, glubschige, wimpernlose Augen starrten aus dem Wasser. Sie krochen, schleimten, glibberten, robbten aus dem See heraus. Schlabbernde lange Saugsäkke, dicke geringelte Schleimwürste, borstige Bürstenquastler, stachelige Teigquetscher, knochige Wadenkneifer, flunderbreite Bodenschlürfer und winzige wurmige Ritzenpuler – die wahnwitzigsten Formen und Gestalten kamen aus dem See.

Mutanten! Befreit durch die Explosion des geheimnisvollen Tanks, den SIE zur »Qualitätskontrolle« benutzten. Sie hatten ihren Weg durch die Kanalisation gefunden.

Und in ihren Augen stand nur eines: Appetit!

»Meuterei! Fahnenflüchtige Nichtsnutze!« schrie der Präsident seine Kakerlaken an, als er die Kiste erreichte. »Feiges Freßgewimmel! Ich sollte euch alle Beine ausreißen! Los, sofort reißt sich jeder zur Strafe ein Bein aus! Wird's bald? Das ist ein Befehl!«

Um Befehle scherte sich im Augenblick aber niemand mehr. Wie schon Glykolisofluortetranol, der gelbe Schleim, ihnen nicht geschadet hatte, wirkte die flora ginsburga in ganz besonderer Weise auf die Kakerlaken. Sie tanzten!

Wild zuckend und mit allen Greifern rudernd, drehten und wirbelten sie in einem teuflischen Tanz, der weder Takt noch Rhythmus kannte. Sie waren wie ausgewechselt. Jede Kakerlake hielt sich für die Schabe aller Schaben. Für den Präsidenten interessierte sich keine mehr.

»Revolution!« kreischte der Präsident. »Ketzerei! Putsch! Umsturz! Präsidentenmord! Ihr seid unehrenhaft entlassen, ich spucke auf euch, ich verbanne und verstoße euch, ich hole euch alle wieder zurück und bestrafe euch noch mal!«

Doch niemand hörte seinem hilflosen Gezeter mehr zu.

Iskanders Kiste lag in einer kleinen Senke. Zur Seeseite verstellten drei hohe Müllhaufen den Blick zum schwarzen See. Iskander hatte diesen Ort gewählt, um seine Umtriebe geheimzuhalten. In ihrem Tanz- und Freßwahn hatten die Kakerlaken nicht bemerkt, daß die Mutanten aus dem See sie von allen Seiten eingekesselt hatten. Nun standen sie in einem engen Ring um sie herum, krochen über die Abfallhaufen und kamen immer näher. Der Präsident verstummte. Er blickte sich hastig um. Doch vergeblich – ein Ausweg war nicht zu entdecken.

Tja, sieht schlecht aus, dachte er. Aber er sagte: »Also gut, unentschieden! Behandelt uns ehrenhaft, gebt uns freies Geleit, dann sind wir bereit zu verhandeln. Im übrigen schmecke ich nicht gut.«

Das war Präsidentenmut!

Als der Rüssel, das Ballonmaul und das Spiegelei den Ort erreichten, staunten sie nicht schlecht.

»Die Familie!« rief AV-36 begeistert. »Ein Familientreffen!«

»Und das Buffet haben sie gleich mitgebracht!« freute sich der Säureschleimer. »Bloß, wißt ihr, was mich wundert? Ich sag's euch. Mich wundert, wie sie hergekommen sind.«

»Sieht man mal wieder, daß du nur eine Fehlkonstruktion bist«, antwortete der Rüssel im Oberlehrerton. »Es gibt nur einen Weg hier hoch für Mutanten.«

»Durch den See!« wußte der Ballon.

»Sehr gut«, lobte der Rüssel.

»Aber«, wandte der Ballon ein. »Warum haben sie gar keine Angst, an die Oberwelt zu kommen?«

»Tja ...«, sagte der Rüssel. »Das ist eben eine andere Generation. Jung und hemmungslos.«

Das erklärte alles. AV-36 und LS-4 nickten.

»Wie es aussieht, haben unsere Verwandten schon angefangen«, sagte der Rüssel. Er streckte sich zu seiner vollen Länge aus und schmatzte geräuschvoll. »Sagt, habt ihr auch so einen Appetit wie ich, Freunde?«

Überflüssige Frage!

In Rattes Höhle ging es inzwischen um Leben und Tod. Franz atmete kaum noch. Husten fühlte ihm den Puls, aber da war fast nichts mehr zu fühlen. Über Rattes Augen hatte sich ein gelblich trüber Film gelegt. Das Fieber stieg und stieg. Es schien aufs Ende zuzugehen.

»Franz, mein geliebter Franz! Werd gesund!« flehte die Maus. »Ich schwöre auch, daß ich nie mehr über deine Krankheiten lachen werde. Nur bitte, stirb ni ...« Die Worte erstarben in heftigen Schluchzern.

Husten, der große Rattenprofessor, stand hilflos daneben. Malewitsch, Sansibar und Gisbert, Anselm und die Schachtelmaus hielten sich schweigend im Hintergrund.

»Ein Wundermittel! Wir bräuchten ein Wundermittel!« murmelte Husten unablässig. Aber was konnte das sein?

Die Graue Maus hatte ihren Kopf auf Rattes Brust gelegt, dort, wo sie sein Herz pochen hören konnte. Sie zählte jeden Herzschlag. Sie flehte Rattes Herz an weiterzuschlagen. Die Pausen zwischen den Herztönen wurden immer länger. Die Graue Maus zitterte am ganzen Körper.

»Franz!« hauchte sie, und in diesem Wort lag alle Liebe, die in einer Maus stecken konnte. »Franz!«

Hinter ihr schmatzte es kaum hörbar.

»Laß das!« zischte Husten. »Nicht jetzt!«

»Aber ich ...«, sagte Gisbert mit vollem Mund.

Fräulein Pimpernelle wandte sich langsam um. Durch ihre rot verweinten Augen sah sie Gisbert, der sich heimlich etwas in den Mund gestopft hatte. Die Graue Maus starrte auf Gisberts Pfote, die noch ein Stückchen davon festhielt. Gisbert hielt diesen Blick nicht aus. Schnell wollte er auch dieses letzte Stück verschlingen.

»Halt!« rief die Graue Maus. »Was ist das?«

»Was?« fragte Gisbert. »Ach, das da! Äh, nichts, du. Lakritz, glaub ich.« Gisbert schmeckte dem Stück in seinem Mund nach. »Hm, Lakritz!«

»Her damit!« schrie die Maus spitz, stürzte sich auf Gisbert und entriß ihm das letzte Stück Lakritz. Husten blickte die Maus verwundert an. Hatte Rattes Leiden sie um den Verstand gebracht?

»Nur ruhig«, mahnte er. »Wir alle ...«

»Verstehen Sie denn nicht?« rief Fräulein Pimpernelle. »Lakritz! Lakritz!«

Nein, Husten verstand nicht. Die Graue Maus aber stürzte mit dem Lakritz zurück an Rattes Lager und schwenkte es sanft unter seiner Schnauze hin und her. Sie horchte wieder sein Herz ab. Dann hielt sie ihm weiter das Lakritzstück unter die Nase.

»Ich glaube ...«, rief sie, »ich glaube ...«

Da plötzlich sperrte Ratte die Schnauze auf, schnappte sich mit einem Bissen das Lakritz und verschlang es.

»Mehr!« sagte er schwach und versank wieder in tiefe Bewußtlosigkeit.

»Er lebt!« schrie die Graue Maus. »Er wird nicht sterben!«

»Was, bei allen hungrigen Katzen, bedeutet das?« fragte Husten entgeistert.

»Lakritz!« frohlockte Fräulein Pimpernelle. »Es gibt nichts, was er lieber frißt! Ich hasse es, aber er ist verrückt nach dem Zeug! Wir brauchen mehr! Viel mehr!«

Das also war das Wundermittel. Husten konnte es nicht glauben. Da Franz jedoch ein Lebenszeichen gezeigt hatte, ging nun die Suche nach Lakritz los.

»Er hat hier bestimmt irgendwo ein Geheimversteck!« rief Fräulein Pimpernelle.

»Finden wir nicht«, behauptete Husten. »Was Franz Ratte versteckt hat, findet niemand.«

»Einer doch!« rief die Maus und zeigte auf Gisbert. »Wo hast du das her, Gisbert?«

Gisbert, der nicht wußte, ob man ihn dafür schlagen oder streicheln würde, führte sie zu Rattes Lakritzversteck. Es befand sich, gut getarnt durch eine Konstruktionszeichnung, in einem Loch in der Werkstattwand. Rattes Konstruktionspläne waren heilig. Die Graue Maus durfte sie nicht einmal anrühren. Zudem hatte Franz das Lakritz gegen den verräterischen Geruch dick in Papier eingewickelt. So war dieses Versteck der Maus bislang verborgen geblieben. Nicht aber Gisberts Spürnase.

»Du bist der Größte!« rief die Graue Maus, stieß den verdatterten Gisbert beiseite, kramte in der Nische und kehrte, die Pfoten voll Lakritz, an Rattes Krankenlager zurück.

»Echt?« rief ihr Gisbert hinterher.

Fräulein Pimpernelle hielt Ratte wieder Lakritz unter die Nase. Wieder sperrte Franz mit starren Augen die Schnauze auf, verschlang einen Brocken und verlangte nach mehr.

Die Graue Maus horchte seine Brust ab.

»Es schlägt schon kräftiger!« verkündete sie. Und wirklich kehrte auch ein schwacher Glanz in Rattes Augen zurück.

Nach zwei weiteren Brocken hob Franz schwach den Kopf und blickte sich verstört um.

»Du ...«, hauchte er, als er die Graue Maus erkannte.

»Ja?« flüsterte die Maus mit klopfendem Herzen.

»Du ... du siehst ziemlich schlecht aus, Pimper!«

Die letzte Seite

Schweigen lag über dem Lüchtenberg, eine seltsame, unentschlossene Stille, die alles bedeuten konnte: Anfang oder Ende. Den Ausschlag gab schließlich die Sonne, die gerade aufging und deren warme Strahlen ein Gefühl der Heiterkeit und Erleichterung in der Luft verbreiteten. Es wurde langsam wieder lebendig auf dem Müll. Es raschelte und bewegte sich, die ersten Tiere wagten sich in ihre Behausungen zurück, und bald war der Müllberg wie vormals von hektischem, aufgeregtem Treiben erfüllt. Nur hie und da kam es zu kleinen, unbedeutenden Streitereien. Einige Tiere hatten es bei ihrer Rückkehr vorgezogen, nicht in ihre eigenen, sondern in die Behausungen ihrer Nachbarn einzuziehen, weil die ihnen schon immer größer und schöner vorgekommen waren. Das Leben war auf den Müll zurückgekehrt!

Wie es auch in Franz Rattes gebeuteltem Körper zurückgekehrt war, dank der Originial-Pimpernelle-Lakritzkur. Schon nach wenigen Tagen war Franz wieder völlig auf dem Damm. Was er natürlich nicht gleich an die große Glocke hängte.

»Pimper!« klagte er und ließ seine Knie bedenklich zittern. »Lakritz! Fühle ... mich ... so ... schwach ...«

Fräulein Pimpernelle lief sofort herbei und versorgte ihren Patienten mit dem schwarzbraunen Wundermittel.

»Geht's besser?« fragte sie teilnahmsvoll. Franz schüttelte entschieden den Kopf.

»Kein bißchen«, behauptete er. »Wird wohl bald ... zu Ende gehen ...«

Das einzige, was jedoch zu Ende ging, war Rattes Lakritzvorrat. Nachdem das letzte Stückchen »Medizin« aufgefressen war, mußte sich Franz wieder auf andere Krankheiten verlegen. Solche etwa, die man nur mit Trauben-Nuß-Schokolade, ranzigem Gorgonzolakäse, Tiroler Jägerwürstchen oder alten Fischköpfen behandeln konnte. Wie zum Beispiel die gefürchtete Parahypochondria gigantis, den schuppigen Darmwurmausschlag, die eitrige Reißlungeninfektion oder erblich bedingte Papierknochen.

Die Graue Maus sagte nichts. Natürlich wußte sie, was sie von Rattes neuen Krankheiten zu halten hatte, aber erstens hatte sie sich geschworen, nicht mehr über seine Beschwerden zu lästern (naja, vorerst), zweitens waren sie ein sicheres Zeichen für Rattes Gesundheit. Solange er klagte, fehlte ihm nichts.

Sorgen gab es aber nach wie vor. Iskander lag immer noch verschnürt vor Rattes Höhle. Er schlief und schlief. Aber was, wenn er erwachte?

»Habe eine Idee«, sagte Franz und verschwand in seiner Werkstatt. Man hörte ihn hämmern, schrauben und bohren, bis er nach kurzer Zeit eine Art Brett mit Rollen an die Oberfläche zerrte.

»Das ORAVERMO, das Original-Rattes-Raben-Verschwinde-Mobil«, erklärte er.

Man band Iskander auf das ORAVERMO, und einige kräftige Vettern von Franz erhielten den Auftrag, den schlafenden Raben damit nach Lüchtenwalde zu fahren. Weit genug, daß er nie zurückkehren würde. Das war alles, was man tun konnte.

Die Ratten zogen Iskander sogar noch weiter. Bis weit hinter Lüchtenwalde, wo sie ihn losbanden und auf einem unbestellten Acker ablegten. Nach einigen weiteren Tagen tiefen Schlafs endlich erwachte der Rabe. Schwach und verwirrt blickte er sich um. Wo war er? Und vor allem: Wer war er?

Der Rabe bemühte sich, sich zu erinnern, aber mehr als daß ihm einfiel, daß er einst einen Professor namens Ginsburg verlassen hatte, wußte er nicht. Eine dunkle Lücke klaffte in seinen Erinnerungen, die kein Funke mehr erhellen sollte.

Auch gut, dachte Iskander, dann war es wohl nicht weiter bedeutsam. Fliege ich eben weiter und versuche mein Glück.

Das tat er dann auch. Er schloß sich einer Bande Krähen an, deren

Oberhaupt er bald wurde und mit denen er Raubzüge um Lüchtenwalde herum unternahm. Einer dieser Raubzüge führte die Schar auch in die Nähe des Lüchtenbergs. Doch irgendeine unbestimmte Furcht hielt Iskander davon ab, dorthin zu fliegen. Irgend etwas Unheimliches schien dort zu lauern.

»Warum fliegen wir da nicht hin, Meister?« fragte eine der Krähen. »Fette Beute!«

»Zu viele Ratten«, erwiderte Iskander bloß. »Und außerdem sollst du gehorchen und nicht fragen!« schnauzte er, während er eilig den Kurs änderte und den Lüchtenberg in großem Bogen umflog. Die Krähen blickten sich nur an und folgten. Schließlich waren sie ja nur Krähen.

Ein Besuch auf dem Lüchtenberg wäre Iskander auch schlecht bekommen. Von den Kakerlaken war kaum eine übriggeblieben. Nur einer knappen Handvoll war die Flucht gelungen. Aber die Tiere warteten nur auf eine Gelegenheit, sich an dem Raben für die peinlichen Erniedrigungen zu rächen. Immer noch liefen einige rot bemalte Ratten auf dem Müll herum, da die Farbe sich nicht abwaschen ließ. Andere Tiere, besonders die redseligen Kröten, hatten sich durch die Isk-Sprache üble Zungenkrämpfe zugezogen (Franz war begeistert von dieser Krankheit).

Und Iskander hätte kein Blättchen der flora ginsburga mehr auf dem Lüchtenberg gefunden. Er hatte ganze Arbeit geleistet und wirklich jeden Stengel ausrupfen lassen. Und alles, alles hatten die Kakerlaken später aufgefressen.

So verschwand die flora ginsburga von der Erde. Das heißt: ein paar vertrocknete Blätter gab es noch.

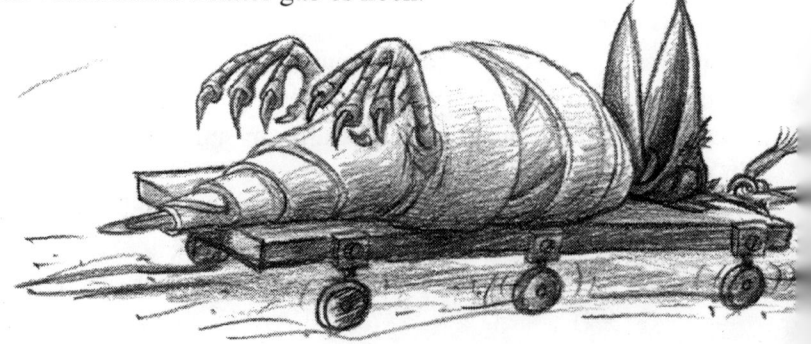

Aber die lagerten vergessen unter allerhand Gerümpel in einer Schublade mit der Aufschrift *Unerledigte Entdeckungen und Wunder.*

Und die einzige Zeichnung des Gewächses, die einzige wissenschaftliche Untersuchung war bei einer Explosion verbrannt.

Diese Explosion hatte noch ein weiteres Nachspiel, das man einige Tage später im »Lüchtenwalder Anzeiger« lesen konnte.

Geheimes Gen-Labor explodiert!

Lüchtenwalde. Aus bisher noch ungeklärter Ursache ist in der Nacht von Dienstag auf Mittwoch ein großer Kellerraum explodiert. Bei dem Raum handelt es sich nach ersten Angaben der Polizei um ein geheimes Gen-Labor, in dem der international gesuchte Professor F. illegale Experimente zur Erschaffung künstlicher Wesen durchgeführt haben will.

Prof. F. sowie zwei seiner Komplizen konnten noch in der gleichen Nacht verhaftet werden.

Unklar ist noch, ob es Prof. F. tatsächlich gelungen ist, künstliche Lebewesen zu erschaffen. Experten gehen aber davon aus, daß es sich bei der primitiven Apparatur um nichts weiter als eine Schnapsbrennerei handelte. Künstliche Lebewesen zu schaffen, sei ohnehin unmöglich. Wie ein Sprecher der Polizei erklärte ...

Die Wesen, die es angeblich unmöglich geben konnte, fühlten sich unterdessen blendend auf dem Lüchtenberg.

Vom ersten Familientreffen der Mutanten gibt es nicht viel zu berichten. Es ging zu wie bei allen Familienfeiern. Jeder fraß mehr, als ihm guttat, man schwatzte fröhlich und entdeckte die tollsten verwandtschaftlichen Verflechtungen. Noch Jahre später wurde von diesem geselligen Fest geschwärmt.

Es brauchte eine Weile, bis sich die anderen Lüchtenbergbewohner an die Mutanten gewöhnt hatten. Nach und nach fand man die »Fremden«, wie man sie anfangs noch nannte, aber völlig normal. Wer auf einer Müllhalde lebt, ist allerhand gewohnt.

Die Mutanten bevölkerten fortan ein kleines Gebiet am Ufer des Lüchtensees, von wo aus sie immer wieder abtauchen konnten. Nur der Rüssel, das Ballonmaul und das Spiegelei blieben für immer in der Oberwelt. Hier oben, in der Nähe des »schönsten Wesens«, fühlten sie sich vor IHNEN sicher.

»Und wem habt ihr das alles zu verdanken?« fragte der Rüssel.

»Na, dir!« war die Antwort von links.

»Ja, dir!« kam das Echo von rechts.

»Sag ich doch!« rief der Rüssel und streckte sich.

Das »schönste Wesen« besuchte die drei sehr oft. In Ermangelung anderer Probleme beschäftigten sie sich nur noch mit Familienfragen.

»Jung und hemmungslos!« klagte der Rüssel, und die anderen beiden nickten heftig.

»Keinen Respekt vor dem Alter!« ergänzte der Ballon.

»Eßmanieren – schauderhaft!« rief der Säureschleimer. »Kein Stil! Und was passiert, wenn der Stil verlorengeht? Ich sag's euch: Dann bricht alles zusammen!«

Unglücklich ist eben, wer gar kein Problem hat.

Der Spinne Sansibar gefiel es ebenfalls auf dem Lüchtenberg. Sie entschloß sich zu bleiben und wurde mit ihren kunstvollen Spinnereien schnell bekannt. Die Schachtelmaus ließ sich ihre Schachtel mit den verwirrendsten und feinsten Spinnereiarbeiten verzieren und wich nicht mehr von Sansibars Seite.

»Mon chère Madame Sansibar, isch verehre Ihre Kunst! Und isch, als grande Experte de la mode, muß es schließlich wissen!«

Oft gab Sansibar wunderbare Vorstellungen. Am Morgen danach bestaunten die Männer, die mit ihren Lastwagen den Müll auf den Lüchtenberg brachten, Sansibars riesige Netze. Wunderwerke, aufgespannt zwischen allem Abfall, glitzernd und funkelnd im morgendlichen Dunst, atemberaubend schön.

Und eines Tages erfüllte sich die Spinne den Wunschtraum ihres Lebens. Ihre große Nummer! Sie spann ein so feinmaschiges Netz, daß der Wind es wie einen Drachen hochtrug und Sansibar, die in der Mitte hockte, die Welt von oben sehen konnte. Einmal blickte die Welt nicht auf die kleine Spinne herab, sondern umgekehrt. Es war wunderbar!

Und Anselm? Anselm hatte es weiterhin nicht leicht. Mit sich und mit seinen Häsinnen. Immer noch kaute er an der Osterhasengeschichte.

»Nur Streß!« nuschelte er, als Franz einmal die Sprache auf die Häsinnen brachte. »Eine würde mir schon reichen. Nur eine.« Ganz neue Töne!

Eine geeignete Häsin zu finden, blieb allerdings schwierig. Anselm, den seine alte Schüchternheit wieder befallen hatte, traute sich nicht, auch nur eine Hasendame anzusprechen. Wenn er eine sah, bekam er Schweißausbrüche, begann zu stottern und lief weg. Er wäre mit ziemlicher Sicherheit als einsamer Junggeselle vertrocknet, wenn eine weißflauschige Lola sich das einsame Langohr nicht kurzerhand geschnappt und entschlossen in ihre Höhle gezerrt hätte.

»Glück muß der Hase haben«, war Rattes einziger Kommentar.

»Voll richtig, du!« pflichtete Gisbert bei. »Obwohl wir Eingeweihten das nicht Glück, sondern universale Harmonieerfahrung im positiven Yingyang nennen.«

Aha!

Tja, Gisbert! Gisbert hatte einstweilen alle Pläne bezüglich »astraler Selbstsuche« und »kosmischer Selbsterfahrung durch Wanderung über die Erde« verschoben. Hier auf dem Lüchtenberg spürte er deutlich einen »elementar positiven Energiestrom«, dem er weiter nachspüren und den er gründlich »erfahren« wollte. Im Klartext bedeutete das: Fressen! Fressen bis zum Umfallen.

Franz allerdings hatte seine Schnorrerei gründlich satt. Familie hin, Familie her.

»Komm mal mit, Gisbert!« sagte er eines Tages.

»Was, schon Essenszeit?« rief Gisbert froh, würgte den Bissen, an dem er noch kaute, herunter und folgte seinem Vetter eilig nach. »Weißt du, Franz, eigentlich faste ich ja gerade ...«

»Das trifft sich gut«, meinte Franz bedeutungsvoll. Er führte Gisbert nämlich nicht zum Essen, sondern zu einer kleinen unbewohnten Höhle, die er kürzlich entdeckt hatte.

»Hier!« sagte Franz.

»Was?«

»Gehört dir. Zum Meditieren.«

»Aber ...«

»Keinen Dank, Gisbert. Ist doch Ehrensache. Ich weiß doch: Für die universelle astrale Erleuchtung der höchsten Weisheit im Kosmos der acht wahren Dimensionen, braucht es absolute Ruhe. Ich, Franz Ratte, verstehe dich gut. Pimper und ich stören dich nur, das haben wir trotz deiner zurückhaltenden, höflichen Art gemerkt.«

»Nein, du, also echt, ich ...«

»Ist doch selbstverständlich!« Franz ließ den verdutzten Vetter nicht ausreden. »Familienehre. Wenn die Familie mich braucht, bin ich, Franz Ratte, immer zur Stelle. Also, Gisbert, nur keinen Streß und frohes Fasten!«

Damit ließ Franz seinen Vetter stehen. Pfotenreibend kehrte er zurück in seine Höhle. Den war er los!

Gisbert seufzte einmal, dann ergab er sich in sein Schicksal. Franz war ja schließlich nicht der einzige Vetter. Er hatte inzwischen verwandtschaftliche Beziehungen zu mehreren anderen Ratten auf dem Lüchtenberg entdeckt. Denen mußte schnellstens das Licht der astralen Weisheit gebracht werden. Also echt!

Husten sah, daß die Dinge auf dem Lüchtenberg sich auch ohne seine wertvolle Hilfe zum besten entwickelten. Die Graue Maus liebte leider immer noch Franz, die Höhenluft bekam ihm nicht, dafür bekam er Heimweh.

»Was meinst du, Malewitsch?« fragte er eines Tages.

»Wie? Ich? Aber ich bin ganz Ihrer Meinung, Herr Professor!« stammelte der Assistent, der es gar nicht faßte, daß er um seine Meinung gefragt wurde.

»Na also!« brummte Husten. »Auf geht's.«

Auf dem Rückweg fing Malewitsch wieder mit seinen Erlebnissen beim Rattenkönig an.

»Ich habe ihn persönlich gesehen!«

»Mumpitz, Malewitsch, totaler Mumpitz!« sagte Husten ärgerlich. »Komm mir nicht wieder mit diesen Märchen! Die Sache ist vergeben und vergessen. Nur hör mir auf mit dem Rattenkönig. Ich will nichts davon hören!«

»Aber wenn ich doch ...«

»Malewitsch!« Der strenge Ton seines Professors brachte den Assistenten zum Schweigen. Und Malewitsch fing auch nie wieder davon an. Obwohl er noch oft von dem geheimen Ort und den hochnäsigen

Botschaftern träumte, glaubte er bald selbst nicht mehr, daß er das alles wirklich erlebt hatte. Und auch viele Botschafter machen schließlich noch keinen Rattenkönig.

»Und was stellen wir zuerst her, Malewitsch?« fragte Husten mit glänzenden Augen, als sie wieder zu Hause in ihrem Labor waren.

»Keine Ahnung«, erwiderte Malewitsch.

»Na, was wohl?« rief Husten. »Hustensaft!«

Für Franz gab es noch eine freudige Überraschung. Als er eines Morgens, noch etwas geschwächt von seiner Krankheit, aus der Höhle trat, traf ihn ein Gegenstand am Kopf.

»Aua!« schrie Ratte. Während er noch überlegte, ob dieser Schlag für eine klassische Ohnmacht reichte, entdeckte er etwas neben sich. Sein Notizbuch! Zerfleddert, mit zerrissenen und angebissenen Seiten, an den Ecken angesengt, doch war es unzweifelbar sein Notizbuch! Ein Wunder!

»Ist doch deins, oder?« fragte eine Möwe, die über ihm kreiste und die das kleine Buch abgeworfen hatte.

»Ich ... also, ja. Ich meine: Wo hast du es her?« rief Franz hinauf. Er konnte es immer noch nicht fassen.

»Fundsache«, krähte die Möwe, während sie neben Franz landete. »Ein Knall von unten, und da flog das Ding auch schon durch die Luft. Aha, dachte ich, was zu fressen. Und dann habe ich es aus der Luft aufgeschnappt. Leider ungenießbar.«

»Und woher wußtest du, daß es mir gehört?«

»Na, hör mal! Hast doch deinen Namen auf jede Seite geschrieben. Überall steht: Ich, Franz Ratte! Also, wie steht's mit Finderlohn?«

Ehrensache! Die Möwe wurde so reichlich versorgt, daß sie später Startprobleme hatte. Franz war überglücklich, seinen Schatz wiederzuhaben. Er blätterte sein Buch sofort auf, um die Krankheit des Monats einzutragen. Nur welche? Seite 173. Die letzte Seite. Danach würde er ein neues Notizbuch anfangen müssen. Welche Krankheit war bloß geeignet für die letzte Seite?

Vielleicht: beulenartige Schwellseuche? Ein schönes Wort. Etwas für Kenner. Aber das war es noch nicht. Franz überlegte weiter. Bis es ihm einfiel. Aber klar! Die Krankheit des Monats konnte nur einen Namen haben! Er zückte seinen Stift und notierte sie sogleich. Eine gute Krankheit.

An einem schönen warmen Frühlingsabend, als Franz schon völlig gesund war (was er allerdings hartnäckig bestritt), saßen er und die Graue Maus am Seeufer auf einer Konservendose und verfolgten den Sonnenuntergang. Rötliches, weiches Licht lag über dem Müllberg. Ihre Welt. Ihr Zuhause. Franz und Fräulein Pimpernelle rückten eng zusammen und hielten sich bei der Pfote. Sie schwiegen.
»Du, Pimper...«, begann Franz auf einmal.
»Psst!«
»Ich wollte dir aber noch etwas sagen.«
Die Graue Maus wandte sich ihm zu.
»Ja?«
»Na, wegen allem, was passiert ist...«
»Ja?«
»Na, weißt schon...«
»Nein.«
»Doch. Also, ich wollte sagen, daß du... mir... ich... dir... daß ich, also ich, Franz Ratte... daß... ich, äh, krank bin.«
»So!« Die Maus wandte sich wieder ab. »War's das?«
»Willst du nicht wissen, wie die Krankheit heißt?«
Die Maus schüttelte den Kopf. Doch Franz blätterte hastig in seinem Notizbuch, schlug die letzte Seite auf und hielt es Fräulein Pimpernelle vor die Nase. Die Maus schaute nur widerwillig hin, doch als sie las, was dort stand, glätteten sich ihre Züge. Ihr Herz klopfte laut. Und als sie sich Franz wieder zuwandte, der verlegen mit den Schultern zuckte, entdeckte sie in seinen Augen einen weichen Glanz. Tief und warm.
»Blödmann«, sagte sie leise und gab ihm einen Kuß auf die Schnauze. Auf der letzten Seite stand nur ein Wort:
Liebe!

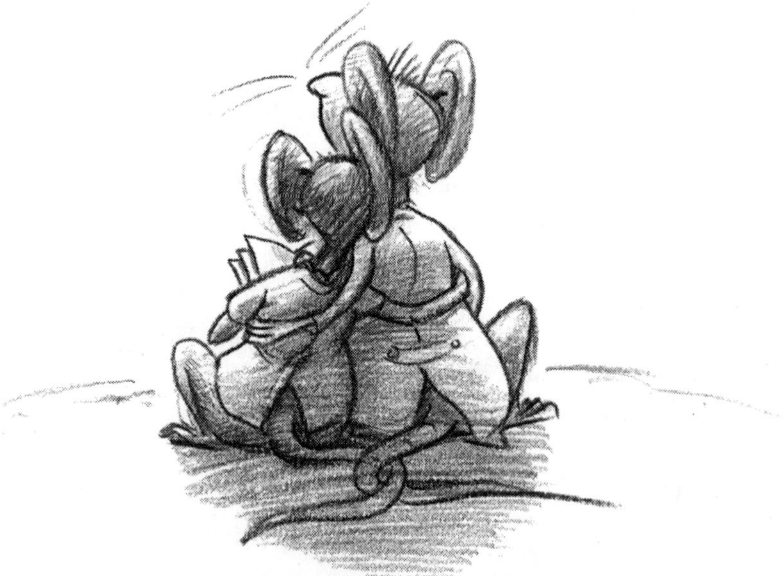

Inhalt

Ein kleines Paradies 9
Der Nächste bitte! *13*
Prinz Anselm, der Osterhase *24*
Der Besuch *31*
Üble Tricks *38*
Hustens Entdeckung *47*
Schöne Freunde *53*
Auf Tauchstation *57*
Abführen! *62*
Brust oder Keule? *65*
Macht *73*
(Aus Iskanders Tagebuch)
Der Brief *76*
Gefangen! *85*
(Die Graue Maus erzählt)
Aus zwei mach drei *93*
Größenwahn *100*
Die Flucht *104*
Warm wie ein Sommertag *114*
Total ätzend! *121*
(Franz erzählt)
Franz Ratte taucht wieder auf *132*
SIE *136*
Unglück und Verderben *144*
Auge in Auge *147*
Das Ende? *155*
Die letzte Seite *164*

Mehr von Franz Ratte
der Grauen Maus, Professor Husten
und Malewitsch
in

Mario Giordano
Franz Ratte räumt auf
Zeichnungen von
Sabine Wilharm
EP 477 · 144 S. · ISBN 3-88520-477-0

ELEFANTEN PRESS